U0903256

鲁仓·旦正太 著

我的故土
我的河

民族出版社

鲁仓·旦正太

藏族，副研究员，青海海南州芒宗给哇人。藏汉双语诗人，词作家，藏学学者。1997年毕业于海南州民族师范学校，2001年毕业于西南民族大学藏语系，现就职于云南省社会科学院迪庆分院、云南迪庆藏族自治州藏学研究院。1997年开始用藏汉双语发表诗歌、散文，作品散见《章恰尔》《岗尖梅朵》《青海群众艺术》《西藏文学》《贡嘎山》《卡瓦格博》《康巴文学》等刊物。部分作品收录于中国当代作家代表作陈列馆，先后获首届“新世纪文学新星奖”、《贡嘎山》文学奖、滇西文学奖等。参与著作有《当代云南藏族简史》《迪庆州州庆教育读本》。编辑、编著有《云南藏传佛教发展简史》《舞动的塔城》《藏文典籍中的香格里拉（藏汉文）》《中国少数民族古籍目录·云南藏族卷》等。应邀参加2015年3月全国两会翻译工作，2016年作为中央组织部“西部之光”访问学者在京学习一年。现从事云南藏区多民族、多宗教历史文化研究工作。

芬芳的青稞

丹珍草

藏族从来就是一个诗与歌的民族，无论是寺院的讲经说法，还是风靡藏地的民间说唱文学，以诗歌的形式教化万民、怡情悦性、传播文化已成为藏民族的文化精神特质。诗性思维也早已渗透到了藏文化的方方面面，成为藏民族最基本的文化身份象征。在现代化语境下，无处不在的科学理性已将诗性表达挤压到了边缘地带，而藏族诗歌却依然在高原美好的自然里，在素朴传统的土壤里生发着诗的芬芳，在岁月深处回望先祖，在山神、度母的“加持下守护着属于我的青稞”，咀嚼生命深邃的爱，延续出对新诗韵的追寻和品味，并构成其日常生活美学。

鲁仓·旦正太的诗歌，更多的是对赐予他智慧的故土藏地自然、人文、历史的感怀和体悟，捕捉历史的苍凉和生命的体验。行吟体诗歌，继承了藏族古代民间歌谣、谚语、史诗的游吟体诗艺特征。“我的祖母告诉我／在昨天的昨天／在从前的从前／在很久很久以前／最后隆起的青藏高原／在牦牛的牛角中间／迎接最初的太阳／观世音点化的人们／开始奔走在牦牛岁月里／白色的雪山／蓝色的湖泊／青色的草原／守护者是／黑色和白色的牦牛／还有黑白色的牦牛。”（鲁仓·旦正太《牦牛岁月》）“从此，我们手牵着手／在祖先踏过的古道边／等待青草发芽／期待着青稞花开／倾听雄鹰的悲鸣／静赏孤傲的牦牛。”（鲁仓·旦正太《青稞岁月》）诗性体验是建构人与自然关系的最重要方式，一直以来，藏人都十分重视与自然建立亲和的关系，而情感态度是面对自然的第一态度。鲁仓·旦正太的诗歌，植根于乡土经验的生活原产地，关注于写好一个地方、一种人群、一种生活，已形成了自己的特色与魅力。因为拥有母语的根基与文化元素，他的诗更敏感于故乡、历史、爱情的捕捉，把故园之思与文化乡愁融为一体。故乡，已经是虚化的空间，是容纳精神的世界，也是喜忧参半的世界，应该反思和检视。擅长叙事、分析和说理的诗人，总会有新的发现性与“个人化历史想象力”的诗歌表达方式。旦正太的“岁月系列”（《藏獒岁月》《牦牛岁月》《青稞岁月》），回望“书写了悉补野智者的历史／雅砻人　从此在牦牛的气息里／耕种芬芳的青稞”“繁华过后／平静还是属于牧人的习惯……”语境苍凉、古典，人文空间的诗意发掘与历史文化精神层面的建构，一唱三叹，令人感怀。诗歌创作需要想象与虚构，但也不能单凭想象和虚构，历史性的诗歌写作更需要实证。鲁仓·旦正太是云南香格里拉藏学研究院的一位学者，常年做田野调查，走过藏区很多地方，以本土的“第一手材料”，双脚触及和心灵感知。在田野采风时，他是一个文化行者，更是一个游吟诗人，行行重行行，既有诗人敏感浪漫的情怀，又有学者走进文化现场的思索。鲁仓·旦正太的历史岁月之歌熔古铸今，经过实证意义上的调查考核与过滤，容易让读者看到见功夫的写作与作品。所谓实证精神，就是让诗人明白，自己写的东西你理解到了怎样的深度，你对自己笔下的东西是不是熟悉和有自己的理解。其中，细节是不容忽视的重点，往往一个细节就能提升整个诗歌的语境与气象，同样，一个小小细节的漏洞也能瓦解整个诗歌的意境与意义。好的诗歌写作者，没有安静的甚至是痛苦的灵魂，何以写作？诗歌的召唤必须是出自生命最深的觉醒。鲁仓·旦正太《生命——深邃的爱》真诚书写了有关爱的美好情怀。“你　记得吗／很多很多年前／我听着河水淙淙的流声／来到你的身旁／结一段尘缘……你　知道吗／我已化作苔藓／生长在你的心里／那朵朵盛开的七彩／是我前世的祈愿／我在佛前求了五百年／只要光芒／能让你有一丝丝的温暖／让我在阴暗里煎熬……五百年前／我在佛前燃尽了泪滴／也没能在尘世中／让你记住我的素颜／你　知道吗／我的笑靥背后／我的心愿／我的温柔而沉寂的爱／亲爱的／你是否感受到／在五百年轮回里／我一直这样轻声呼唤着你。”诗歌是隐喻的语言，与“你”相遇意味隐喻的寻觅、返回、盛开。

对诗性意义的阐释与发现不仅基于对诗人的尊重与理解，更是对诗歌美学的信任。或者说，我们对诗歌诗性的概括远比逻辑分析更有效地切入了诗人的写作与诗人的生活。藏族当代新诗，在体裁、语言风格、艺术技巧、创作方法等方面继承了藏语言自身携带的古老的诗性智慧，并从诗人个体性视角出发，挖掘、延伸藏族诗歌更悠远更深厚的思想内涵，以新的表达方式与民族历史传统文化的内在精神紧相维系。当下的藏区，写诗的青年人很多，写得好的青年诗人也不少，但很多诗歌多依赖于生活经验，依赖意识与画面，与藏族诗歌的传统之间，似乎处于一种出走和断裂的关系。更多的诗人或者更钟情于抒情性和描述性，而缺乏独具一格的诗歌创作能力和思考。作为双语创作者，鲁仓·旦正太将自己的诗歌置于传统与现代之间，在母语之美与汉语之美的差异性表达上进行了卓有成效的实践。

在当代诗歌中，藏族传统诗歌比兴手法的应用是值得传承与效法的。毋庸讳言，现当代诗歌的创作正在疏离或忽视了的恰恰是比喻、象征、隐喻等传统的表现手法。鲁仓·旦正太的长诗《生命——爱的深邃》，清新、纯净、真挚。湖水、鲜花、骏马的意象，表达一个藏族少年的爱恋。比喻、象征等修辞手法的运用，正是藏族诗歌的本原财富，是语言的种子、路标和伤口。“你是藏在天空的湖／坠落在我的眼里／我的每次眨眼／都是你的身影。／你是躲在蕊中的花／开在我的心间／我的每次心跳／都是你的芬芳。”每一个隐喻的故事，都是我们所有人的故事，是语言中的生命。“在我们之间盛开着一万朵鲜花……／我层层打开绚丽的花苞／你的气息／在绽放的花季里把我拥抱。／在我们之间盛开着一万朵鲜花／只等你／穿上出嫁的婚纱／把世间的春色 拥入怀中。”诗所要依仗的最基本点，就是词语所各自携带的不同意象、质感和温度。在长诗《天地·英雄集》中，诗人追忆祖先英雄的历史，笔锋转向史诗般的修辞意境，读者似乎听见格萨尔艺人在说唱《威震四海曲》《金刚古尔鲁曲》《雄虎怒吼曲》，赞颂英雄，感恩生命，充满了阳刚气质的“宣叙调”特征。对现代藏族诗歌的批评，与其以众多的现代西方理论为工具，不如认清藏族现代诗还从未真正与藏族传统诗学诀别。

藏族当代新诗的自身传统，正处在形成和发展时期，在写作越来越个人化、多元、自由的今天，优秀诗歌创作的难度正在增加，却也处处留下了通往更悠远之境的入口。在鲁仓·旦正太的新诗集出版之际，希望有更多的读者聆听到他的“诗心”，对能够在诗歌中体现生命意识，与文化相伴、与信仰契合的诗人，我们心存敬意。诗歌之美不仅仅在于促进文化的传承与创新，更在于在精神层面塑造人性与丰富人生。

“神不在最高处，人不在最低处，冰川哈达连接一切心的对话。”

是为序。

2018 年 12 月 23 日于中国社会科学院

目录

守望千年

青稞岁月

让人景仰[illegible]之花

我的儿子 长大吧

你的父亲是雪域安多人，

你的母亲是雪域康巴人，

你的祖先是雪域卫藏人。

你的血管里流淌着

圣哲的智慧、父辈的勇敢。

你是拥有最古老文明的后裔，

你是被母亲养育的好儿子。

所以 你的名字叫

安康·建刚伦珠

传播文明与智慧的种子

一生勤奋创业。

我的儿子

长大吧，你不是选择了父母

也不是我们赐予你什么，

2016，我在北京的雾霾里呼吸你最后的冬天

——惦念挚友 Z · J

1

听说　那天
在我们的故乡下了一层薄薄的雪
这场雪来得很早吗？
北京的夜确实来得很早
下午五点黑夜和雾霾一起到来

那天那个时间
我突然想喝酒
并在师范的同学群里
第一次说几句感慨的话
忧伤袭来我的心头
同学说　你的病情已好转
同学说　故乡今天下雪了

我一直坐立不安
在几平方米的宿舍里踱步
电话响了　晚上九点
2016 年 10 月 28 日
我打开窗户
大口呼吸北京的雾霾和黑夜
害怕错过　这个冬天
你最后的心跳

2

你的欢乐在我们的友情岁月里
不会凋谢　也不会枯萎
像故乡色日梅朵[1]的芬芳和香味
陪伴着我的余生
也陪伴你遥远的妻子和女儿

故乡的山脉迎接回归的雄鹰
倔强的风开始抽泣
雪花绽开在天空
这个冬天
对你来说是如此地短暂
对我来说是如此地漫长

3

让我们回到 1994 年
那个秋天
对我俩而言比较郁闷
同一个原因　我们相遇同一个班里
同时　再一次经历师范的新生
同级的女友都成了学姐
痛苦的军训
你却耍赖“蛋疼”而请假翘课
认真的新来的班主任
茫然地叫你赶紧去医院
而我们都憋红了脸
晚上才哈哈大笑

---

① 一朵花。

三年　岁月很美
　　　生活很美
除了恰卜恰的风
一切很美

4

高山的雪融化了
你　留在草原上奔跑的脚印
深蓝的天空放逐年少的梦
夏季的森多草原
那么宽广
那么碧绿

启程的心是怒放的色日梅朵
二十年的远方
归来时
故乡的雨睡着了
变成了雪
那么就让我来
给你遥远的女儿
讲述我们故乡的秋月

5

时光凌乱了少年的梦想
97 年
我们都毫无准备地考上了大学
中三 3 班的男生宿舍门口
从此
再也不会有
我们夜起撒尿画的地图
也不需　来年开学时缴两元的罚款

不会有
把轮流抽的最后一口烟丢在地上
又捡起来再吸一口的快感
更不会有
周末的半夜大家分享冷水拌糌粑的香味

你还记得吗
唯一一晚在女生宿舍
享受了一次红烧罐头
却只吃了一口
你呛得猛烈咳嗽而中止
那是我一直的遗憾
也是我俩的秘密哦
还有她

6

你　走路总是斜身快步
这让我想到
黄沙头风肯定让你够呛
在故乡
风沙漫过高空前
行星点缀秋月的夜是那样深邃而干净
宁静而让人遐想
也许　也是这样的夜里
你也第一次遗落了梦里的流星

天空对着故乡的黑帐篷
漫天的星星在牛粪的火光中闪烁
噢　我的朋友
在三角架的火塘边
你能亲口告诉你的女儿
盗马贼是在怎样的白天

偷走了你家的那三匹红棕马
那该多好啊

7

你在西北最大的城市
我在西南最大的城市
98 年的元旦
我给你寄过一张贺卡
内容我忘记了　但肯定是自由体
那时　我的第一首母语诗歌刚刚发刊
我的骄傲啊
跟你炫耀
忘记了　当初我刚进西南民院时
写信告诉你
想转入西北民院的忧愁

时间　从那年倒退几个月前
我比你早一天报填了大学志愿表
我们错过了　再一次
同一所学校
同一个班里
共度四年的良机
也注定了
每个人都朝自己的远方远行的宿命

是啊　那年年后
我们在兰州相遇
没有改变　多大模样的我们
在一个广场合影留念
看一个老人
放得很高很高的风筝　没有断线

8

干枯的草被荒凉淹没
你在瘦弱的羊群后面
被阳光灼伤
你的头发过早稀少得
像故乡的十二月的草原

多少个冬季　你穿着右衽袍袄
怀揣一本翻破了的《格萨尔》史诗
高唱你自觉得动情的民歌
惊吓了身后的马匹

你放心　我会告诉你遥远的女儿
你的歌声是如此动听

9

我突然从成都来到兰州
独身一人
两手空空　和你
谈论着我“伟大”的四个月的计划
写毕业论文　听西北民院藏学系
有关藏文化的课
谈论着　诗歌　文学　未来
还有爱情
那么多人聚在那么小的房间
空气里弥漫着酒气和狂傲
最后是西北和西南
两所院校的派系争论

你总是解围
你的同学们“围攻”我的所谓的辩论

那时候没有对错
那时候没有输赢
那时候只有年少的轻狂
那时候是 2000 年的秋末
你让我写西北民院校园里
六十多个台阶的六十行诗歌

那时候我在你的学生宿舍里
晚上喝酒
白天躺在你的木床上
没听多少课　没写一个字
看你着急地拿着书跑内跑外
我笑你　还像个初中生

一个月后
我从你的书架上拿了一本译著《文化帝国主义》
走人　回家

我再一次到兰州时
你正在读藏文信息工程研究生
我又笑你
最没有兴趣和现代电脑接触的“牧人”
现在做一个电脑大夫
那年是 2003 年

10

你如同故乡的云
羞涩中凝视
坚持着原来的模样
深爱着眼前

遥远的旅途中
你赭色的面孔更加赤红
我每次看到　你不紧不慢吸烟的样子
就想起故乡薄薄的云
怎么就没能挡住你额头的阳光

也好
我可以告诉你遥远的女儿
你的高原红是故乡的烙印
不是因为拉萨的太阳

11

在圣地拉萨
你已成家立业
我也在香格里拉安家多年
2010 年的冬天
我们在拉萨
匆匆见面
匆匆离别

两年后
我们在拉萨的布达拉宫后面
在“宗角鲁康”
悠闲地喝着拉萨甜茶

讲述着我们各自的生活和事业
你的信息专业的成果和著书
使我嫉妒你这个“牧人”的专注和坚持
除了开心　欣慰
就是自信和相互勉励

我一待就是一个星期
我们天天去八廓街的甜茶馆
我说我喜欢拉萨的甜茶
你说你胆不好不能多喝
我说我喜欢拉萨的“藏面”
你说你胆不好不能多吃
我说我喜欢拉萨的青稞酒
你说你胆不好不能喝

好吧
那么　你就喝我带给你的普洱茶吧

12

你住在故乡的茫曲河的源头
我住在故乡的鲁仓寺的上头
故乡的小城
离我几十步路
离你几十分钟车路
远离故乡的我们
如是同一时间回到故乡
都会相约在小城见面
(一般是在冬天回家过年的时候)

我总是笑你
是拉萨的太阳让你的额头更加光亮
还是故乡的风沙使你的头发稀落不少

在故乡
我总是　数着日子
走亲戚会朋友
你总是待在家里
关机　工作　看书
除了见我的那一两天外

你给我回电话时
你已经在西宁去拉萨的路上
我还在小城半醉半醒

我知道
你想念你拉萨的女儿了
是的　我会告诉你遥远的女儿
幼小的女儿　可爱的女儿
你的父亲多么多么的爱你　疼你

13

我在拉萨的牦牛宾馆
清晨六点给你打电话
你匆匆赶来
马上准备氧气罐让我吸氧
我已在拉萨没昼没夜地喝了四天酒
你问我想吃什么
我说　还是拉萨“藏面”

我问你　昨晚我们五个同学聚会
我没有发脾气吧
你笑着说　我们一直顺着你

我来拉萨三次
你　“纽固”“勒格”“达让”[1]

---

① 同学的小名。

我们相聚多次
唯有这一次的照片
成了最后的念想

在拉萨
醉朦朦待了一个星期
当我回去时你接我电话后
“生气”地说
不回去干嘛
还要醉一个星期吗
那是 2016 年三月

14

2016 年四月的某天
打电话　你在成都
你说只是个小手术

“达让”来电说
他要去成都
五一假期陪你三天
我说　下星期我过去陪
两天后我扭伤膝盖　在家躺了二十多天
没能来成

六月
打电话　你在拉萨的家里休息
说　“纽固”正在给你做午饭
我调侃了几句
似乎你的精神也不错
说　伤口愈合得很好

九月
你打来电话
让我在成都民院找个公寓
你说　冬天想在那儿休息　气候好
我托朋友　租好房子
联系你　你不接电话
几天后知道你在西宁的医院
没人告诉我你真正的病情
包括“达让”

故乡的　师范的同学打来电话时
我在北京学习
告诉我
他们几个人代表所有的师范同学看望了你
在你们几个小时的小心的话题中
感觉你很想我
你的话题总是离不开我的名字

晚上九点
师范的同学打来电话
2016 年 10 月 28 日
晚八时过后不久　你停止了世间的呼吸

15

故乡的雪
洁白洁白的雪
像母亲的乳汁色的雪
迎接游子归家
像酥油灯的火焰色的雪
指引灵魂归西

你听见了吗　我的朋友
你的母亲在呼喊你的乳名
你的父亲在叫唤你的小名

你听见了吗　我的朋友
你的爱人在亲昵亲爱的你
你的女儿在咿呀着父亲的你

你听见了吗　我的朋友
你的同学　你的朋友
在　如此悲痛地喊你的名字

16

我的朋友
北京　下了一场雨
天气很冷
我让寒冷的雨淋湿自己
孤独地走在空无一人的校园
找寻你的身影

17

我的朋友
北京　连续雾霾
我在雍和宫
灵光寺
呼吸着你的心跳
找寻着你的身影

18

我的朋友
北京　下了第一场雪
寒气直捣骨髓
风直袭着脸
北京的冷和故乡的冷着实不同
我一身黑衣
黑色围巾蒙着半脸
行走在陌生的人海中
找寻着你的身影

19

我的朋友
我从梦里哭着醒来
看见你也看不见你

好像
什么东西在挤压着我
又什么人在诅咒我
这四十多天来
每个夜晚　真实的梦
那么痛苦
痛苦折磨着我
我无法面对

20

我的朋友
我的哥哥从故乡给我打来电话
鲁仓寺的老僧

让他转告我
要相信自己坚持的最深信的根
该释怀了
由心而释然

哥哥还对我说
你也算是有文化的人
明白了吧
最后还不忘叮嘱我
常念诵马头明王心咒

我伫立在北京中央民大
一棵早年枯萎的银杏树下
点燃一支烟
像你一样不紧不慢
和雾霾深深地吸进肺里
用尽全身的力气
像是在呼吸你最后的冬天

21

我的朋友　我的同乡
我的同学　我的挚友
往生净土　往生净土

2016年10月28日——2016年12月13日　北京

冬日思语

1

太阳落入金黄色的树叶
这个冬天
在最后一朵花颜中
诉说着夏天的情怀
蒲公英的梦
还没播种在春天的土壤中
秋风带走了谁的芬芳?

蔚蓝的空气里
弥漫着刹那的气息
那莲花般的面容
在时间和空间凝固
冬的思语

2

我消失在整个冬天
等待一场雪
覆盖一年的思绪
让白雪在你的天空睡着
让你忘记所有的不安和不宁
在梦里
唯有梦里的摇篮曲
让我忧郁而感动
再抬头的瞬间　看见
圆月和少女

3

三江的风
从故乡吹来
吹来天籁的声音
河川静止
世界静止
寒冷的世间屏住呼吸
孕育人间的精灵

我开始期待春天
期待春天的百灵
歌唱我的思语

4

阳光　聚集的峡谷里
我闻到草原的风
带着狭隘的悲凉
告诉我　那个相遇
一朵花的呵护
改变了太阳照耀的方向

江河带走花的絮语
我的思语
一年最漫长的冬至夜里

5

我祈求
那种静谧
延续生命的聆听

在渴求爱与被爱的轮回中
用灵魂仰望星空

我祈愿
在岁末的最后一天
在内心激动或平静的时刻
我用我的语言与你对话
我用我的诗歌对唱你的歌
不知你听见抑或听不见

6

这思念绵远的冬日
我潜藏的思语
轻轻和着你的舞步
悠长悠长的歌
缱绻在缘来的冬节
岁月匆匆　淡进淡出的人
记不住你迷人的眼睛

7

我是你民歌的韵律中
走进你大地的男人
再低一下头
沉静而彷徨的心
如此淡淡惆怅

如意 2017
我的思语　梳妆你素颜的冬日
迎接绚丽的春天
吉祥 2018
我的思语　延绵

纳帕湖·雪落无声伤了谁的心

1

雪瓣落满
黑颈鹤轻盈的翅膀
纳帕湖　无声的白
静静绽放六角花

与你的邂逅是我漫长的等待
在漫长的等待里
唯一一颗安放的心
在湖边
在多少年的孤独中
无声守望
谁的笑靥

2

我的梦
正如逐渐缩小的湖面
在今夜的白色中
画不出再大的圆

春去冬来
黑颈鹤
我思念的翅膀
在一面湖上起舞
也在一面湖上落幕

3

我爱这蓝色的纳帕湖
我把湖当作我爱的女人
尤其是　冬天
常想把她拥入怀里
不让她蜷缩在裸露的大地上

你忘记
还是没忘记
在秋日的纳帕湖边
有过我们　沉静的曾经的
　　　　　岑静的蓝色的梦

4

伊拉草原的风很轻
轻轻像你走过的脚步
在变幻的时光中
无声而无痕

纳帕湖
黑颈鹤
悠缓漫步的湖面
是你凝视天空的模样
而我还在我跌落的心里
无力抖落
漫过你身影的那滟白

5

我在白雪里写下你的名字
用所有的雪白
做成银子
用所有的银子
做成项链
带给你
为了我的吻
远方的吻

此刻
为了那双眼睛
人间最干净的眼睛
我守护着　那一面蓝湖
在这白色中时而消失的那面湖

6

雪落无声
纳帕湖
苍茫的孤寂
囚禁我的灵魂
寂静弥漫在白色中
忧心忡忡的黑颈鹤
渐飞渐远的翅膀
是否真正带走谁的伤感

7

香格里拉　今夜
雪落无声

今夜　香格里拉
雪落无声
你熟悉的纳帕湖
今夜　与我同眠
与你同梦
在白雪中
洁白的心愿
吉祥如愿

生命——爱的深邃

1

你静默如初
走过我的岁月
春秋的轮回　释然在你的额头
如　太阳如愿升起
运行在宇宙间
照亮每一块石头做的星星
每一个星星化作的生命

我的心沉落世俗
爱的明咒
寄托在云间的经幡
飘向爱人的心窝
不曾感恩的言语
刻在石头的灵魂中
我的任性　逃不过你的法眼
你智慧的手势告诉我：
爱的眷念
三生有幸
三生有幸！

2

我的双眸
像两扇虚幻的窗
看不清幻化的你

你　像一道仙虹
从云中飘来　从云中飘去
我的心如广袤的大地
在雪山深谷中
起起落落
在田园牧场里
起起伏伏

我突然想起
我有一颗绿松石
不管你是我的度母　还是仙女
不管你是我的爱人　还是恋人
我只有一颗绿松石
绿色湖水一样的绿松石
献给你
献给你！

3

我打开一扇窗
想把
晨曦的阳光映在你的脸上
不让露珠打湿你的眼睫毛
我弯下腰
轻吻你的嘴唇
我告诉自己　你从未离开
　　　　　　你从未离开！

4

我是朝着你觐见的路
来到这里
我错过很多花季

但是我记得　记得
你为我点燃的那一盏酥油灯花

我是听着你无声的脚步
等候在这里
我的心　尘落静谧
我来到这里　我守候这里
不为来世　也不求今生
只为你　点亮一盏酥油灯
　　　　点亮一盏酥油灯！

5

你的温度
在我的手掌心
一百零八颗佛珠
串通我的心　我对你的
真善美的爱
没有放下或放不下

无数个相似又不相同的昼夜
我默默的牵挂与祝福
在一百零八颗佛珠的心里汇聚
我求证宽裕的心态
谈不上慈悲为怀
因为爱恋不是随意的布施
所以我寂静　却不寂寞

我断除贪婪的欲望
断不除一百零八颗思念
是啊　时间总会过去的
让时间流走你的烦恼

让时间流走我的身躯
请不要流走我对你的念

我爱慕
我在那些成长的孩子
成长成少女或女人的眼中
读懂了我的爱
我的爱　不执著吗?
笑着面对　不去埋怨
只在那对的时间
那朵花开的时候
我庆幸　我遇见了你
　　　　我遇见了你!

6

你是藏在天空的湖
坠落在我的眼里
我的每次眨眼
都是你的身影

你是躲在蕊中的花
开在我的心间
我的每次心跳
都是你的芬芳

山岗吹过你的风
把满山的色彩
画在云的怀中
映在湖面的
是你
向我缓缓走来的倩影

时光不会凝固
生命不会停止
我的爱人　如果你愿意
湖水已为我们赐予了
生命和缘分
草原已为我们准备了
鲜花和马匹
我们结婚吧
我们结婚吧!

7

我想进入你的深处
那遥远最浅的碧绿
那遥远最深的蔚蓝
收缩在一双眼睛
你的眼睛
人间最干净的一面湖

我无限想象
世上最轻的声音
呢喃你的乳名
贴紧最热的胸口
贴紧最暖的唇边
放大在一句诗词里
你的名字
人间最美的一首诗

8

在我们之间盛开着一万朵鲜花
坠入爱湖

激荡春情
你的脚步轻盈
你的目光羞涩
我层层打开绚丽的花苞
你的气息
在绽放的花季里把我拥抱

在我们之间盛开着一万朵鲜花
只等你
穿上出嫁的婚纱
把世间的春色　拥入怀中

9

我在一棵古老的树下
听风　讲你的故事
我对每个人微笑
告诉他们
远处
山岗上　云朵间的小屋
是我们幸福的爱巢
我大声高唱
我们的爱的箴言
我还告诉他们
我会打开门窗
把阳光
引荐给那些　那些在黑夜里痛苦的恋人
我始终坚信坚持
爱情就在一米阳光中升华

我在一棵古老的树下
听风　讲你的故事

在每个微笑着的轻声小语中
听到你的脚步声
我始终痴狂痴情

10

泥土涌现激情的诗篇
大地是一朵花的装饰
爱情的香味辽远
情器的寄语
装藏在白色的塔内
外器的诱惑
是金顶的色彩

天空在一块石头上
和我凝目而视
当你看够了海市蜃楼
轻吻我吧　我的爱人
我存在这存在的天地
我朗诵这天地的存在
我在这泥土中播种一首情诗
一株莲花

11

爱情的寓言
在一所古老的房屋
开启一扇天窗
紧闭一道门
誓言的真实面目
可以进入
谎言的铁石心肠
不能出来

你是我的公主
我是你的王子
你也是我的灰姑娘
我也是你的丑青蛙
但是我们不能亵渎寓言
我们的爱情　不能有断裂的影子

12

在这城市的中央
我找不到自己的归宿
我的身躯
关在一所房屋里
我的肉体
装在一座白塔内
我的眼前
是倒影的世界

我开始迷茫
像一只孤独的鹰
盘旋在遍及记忆的苍穹
白天还是黑夜
只有影子的回声
荡漾在地球的湖面
唯有我的灵魂
走出天地的边缘
寻找你的方向

13

太阳从山顶
拾起梦的云朵
遗落晨早的树枝间

生命静默
你像淡蓝色天空的白云般柔软
你像浅绿色树木的叶子般柔软
我抚摸如此柔软
把转瞬即逝的星光
想固定在你的身体
问询　月亮
怎样才能反射自己

那些　不曾回答的修行者
静默如初

14

秋过早地到来
深而浓
雪山下的村庄
在世界的高处宁静而深远
而被历史赶走的古堡
孤独地孤立在苍茫的大地
佐证爱的迁徙
我们爱过的足迹
我们爱过的声音
携带黄昏的远古
留驻在情意的年月　秋天
大地裸体的山村
祝福洁白的爱情
洁白的雪山　见证
守护　走得更远的爱

15

我们额手祈愿
一束束光线温暖花朵和月亮
生命的闪光
炫耀
不再消散

一缕光透过一扇窗
慈悲
在古老的文明中发芽
开花和结果
爱恋汲取智慧
我们额手祈愿
金光万道
闪耀
忧郁和悲哀不再缠绕
疲惫的眼神不再对视
爱的言语
在心灵回响
倾心一生　守候彼此

也许　世间的怜悯
被现代冲击在有色的眼睛里
那么芸芸众生
如果爱　璀璨华美
我们额手祈愿

16

一所房子　我以前从未在那儿
解读一种文字

象形文字　祭祀体文字
世俗体文字　科普特文字
阿拉伯文字
还有一种语言
开着的门
是一种文明的延续
开罗　谁的胜利的古老城市
圣杯中遗漏一粒细沙
敲碎舔血的刀刃
阿拉伯的少女
伴着珍珠和月亮歌舞

非洲的梦幻曲
融入阿拉伯的木卡姆
成为埃及音乐的灵魂
阿拉伯少女
肯定在嘲笑我：
还没有到歌声的夜晚
我来作何

17

敞开的石头
摧毁战争的欲望　形式
还有记忆
神明
将沙漠和黑暗推开
深邃的光
洒落历史的城堡
不同肤色的人们
人们手舞足蹈
人们欢声笑语
人们触碰一种古老的文明

埃及的文明
一颗夜明珠般
闪闪发光

我想
一杯夜光杯的葡萄汁
饮尽她的华丽还有苦难
让我的情刻在这里

18

“天空把自己的光芒伸向你（法老）
以便你可以去到天上
犹如拉的眼睛一样”——《金字塔铭文》

尼罗河
流淌在燃烧的沙漠
汇聚文明的国土
滋养橄榄的绿洲
埃及　镶嵌在皇冠上的宝石
发亮你炙热的额头
国王及法老
皇宫和金字塔
乃至不解的咒语
石头在一块石头上的叠加
增加了神秘和奇迹

金字塔　沙漠中的金字塔
刺破青天的太阳光芒
升天的天梯
连接不死的灵魂　法老
一只骆驼的吼叫

划破天空的宁静
金字塔　早已习惯这样的反抗

埃及“天空把自己的光芒伸向你”
你应该让光芒照耀你的人民
让文明在太阳下辉煌
让女人在爱情里滋润
让我的爱留在这里

19

石块砌筑的圣居
是神的庙宇
人身兽面的神祇世界
主宰
人体和灵魂的人间世界
因为“创世神的创造和整顿
世界才开始存在”
开始存在的人们
有看得见的人体和看不见的灵魂
我在埃及的灵魂
会不会是长“人头人手的鸟”
我不知道
可我相信
“拉”“孔苏”
太阳神　月亮神
那是人类共同的信仰
那是生命共同的希望
我赞美
这些赋予生命的神明
以一种美丽的姿态
留在世间
在这里生活的人们

在这里行走的人们
是幸福的

20

我在异国的屋檐
异国的灯下
捧读异国的诗章
这干燥的空气
是火　烈火　熊熊烈火
燃烧　尼罗河的瀑布
埃及　异国文明的火焰与硝烟
落定
保持安定的原状　沉默

此刻　我不想
黄河　尼罗河　恒河的文化艺术
我不想
释迦牟尼　苏格拉底　老子的哲学思想
我不想
中古　印度　巴比伦的文明渊源
我甚至　不想
抖一抖衣襟上的沙粒
此刻　我只想聆听
静静的尼罗河
唱给爱人的情歌
在埃及的怀里安然入睡

21

提起冬天
我渴望一场雪的寂寞
覆盖故乡的山坡　河流

裸露的树枝　裸露的原野
在我的视野
有一头惊慌失措的小牦牛
舔饮冰上的阳光
还有一匹勇敢的马
吸收大地的乳白
在自己直立的雄器中
酝酿乳白的精华
寻找那匹
走失的白花马

提起冬天
我想起故乡的雪
故乡的雪是睡着的雨

22

我的手伸进水里
臆想抚摸伊人
仰躺在水中的美人
那高耸的乳房
是古老的图腾

一朵花的芬芳
改变着
河水流动的方向
我也流动着
被神秘的洞穴吞噬
我抽了抽身体
激起最后的涟漪
河水平静
森林包围着幽谷

23

你的愤怒
就像你故乡的石头　沙漠
直裸　狂暴
迎风而立
没有谁灌注你仇恨
你的漂泊
与谁的亲密接触
都不该咬住对方不放
你要控制你的嗔
你要控制你的欲望
你应该恋爱一次
你该有个初恋的甜蜜
也许　你才会懂得
拥有不是用尽

24

请抬起你的头
放远你的目光
一座峭壁
一帘幽谷
挡不住
智慧的树枝
透过的奥衍
和生命的泉水
涌过的奥妙

请再抬起你的头
再放远你的目光
越过悬崖

是众山簇拥森林的气度
是湖水放任天空的豪情
请放宽你的心
思想就会开阔而辽远
生命就在浩瀚的宇宙中灿烂

25

你　记得吗
很多很多年前
我听着河水淙淙的流声
来到你的身旁
结一段尘缘

五百年前
我是佛前燃亮的灯芯
你是人们匍匐的石板
那无心的沙弥
把我碰倒在你的身怀
用净水清洗了数次

你　记得吗
无论　春雷隆隆
夏日灼心
还是秋风飕飕
冬寒刺骨
我都依偎在你的怀里
坚强地热情地长大的样子
一天天　一年年

我在佛前夙愿五百年
让我们相拥相依
我的盼望

不再是相对无视
哪怕你依旧漠然

你　知道吗
我已化作苔藓
生长在你的心里
那朵朵盛开的七彩
是我前世的祈愿

我在佛前求了五百年
只要光芒
能让你有一丝丝的温暖
让我在阴暗里煎熬

你　知道吗
当雨点淅沥
你的身体时
我懂得你眼角的忧郁
即使让我枯萎
我多想把阳光洒满你的额头

五百年前
我在佛前燃尽了泪滴
也没能在尘世中
让你记住我的素颜

你　知道吗
我的笑靥背后
我的心愿
我的温柔而沉寂的爱
亲爱的
你是否感受到
在五百年轮回里
我一直这样轻声呼唤着你

藏獒岁月

一、獒视天下

1

在远古　天和地发生战争
天翻地覆
山崩地裂
当一切尘埃落定后
喜马拉雅纯种藏獒
开始有了自己的名字
还有高贵的血统

2

一千多万年的光阴里
你曾经是青藏高原
横行四方的野兽
也是人类最忠实的朋友
世人称之为　“龙狗”　“东方神犬”
“世界猛犬的祖先”等
众多的称号
从未改变你原始的模样
藏獒　高原的精灵

3

我的祖先不是驯化了你
而是你的智慧
成为古老的图腾文化

从牧猎时代至今
成千上万年间
在高处
马蹄声和你的嗷叫声
就这样交织在天籁中　人声里
雪域人　开始实践着藏獒精神
无私和勇敢精神
忠心和坚韧精神
相传子孙
子孙相传

在原始的火种不息的每一个夜晚
在最初的青稞成熟的每一个季节
都在讲述着你的故事
都在聆听着你的故事
都在歌唱着你的故事
那时　你是守护者
那时　世界就是雪域
　　　雪域就是你

4

适合战争的年代
除了勇敢的骑手
除了酒在血液里滚烫
除了牦牛的驮重
除了歌在梦境里回响
谁也没有预见
你成为
南征北战
攻破山河的军队——“藏獒军团”
在你所到之处
你那膨胀的精子

繁育了世界众多的著名犬种
直到今天　在欧亚两陆
处处都是你的子孙

在勇士的热血还未冷却的瞬间
在女人的热泪还未凝固的刹那
都在惊叹着你的勇猛
都在感慨着你的忠心
都在怜悯着你的兽性
那时　你是战神
那时　世界在雪域的眼中
　　　雪域在你的眼中

5

有一天从天上飘下的经卷
供奉在最早的寺院
你也从藏土先王的宫殿
来到神祇的神庙

在修行者的年轮里
你成了护法的使者

那时　你是守护神
那时　世界在雪域的心里
　　　雪域在你的心里

繁华过后
平静还是属于牧人的习惯
那时候　在阿妈的眼里
青稞还是会翻出金黄
牦牛还是会反刍青草
藏獒还是会蜷睡帐外

二、獒失家园

1

只有适合青稞的季节
藏獒追随着牧人的马匹
在轮回的牧场
守望恬静的黑帐篷

日子在阿爸的额间
积累沉淀的厚度
日新月异
高原在你的脚下
吐露泥土的芬芳
雪域人在习惯的生活里
高歌你的嗷叫声

2

疯狂让那个年代
吞噬了人性
湮灭了日月

雪域人在雪夜
用生硬的锄头
刨着熟悉的草地
疯狂的沙化“回报”了疯狂的年代
“人祸诱发了天灾
天灾扩大了人祸”

獒群追赶着狼群
猎取者的枪声下倒下的有狼有獒

还有无数的草原动物
在这场人为的
血雨腥风中
在原始的草原
在雪域大地
在自己的种族和敌人
越来越少的岁月里
藏獒再也不能笑傲江湖
独领风骚

3

请为獒唱一曲悠远的牧歌
唤醒那曾经的大好河山
还有藏獒的天性

只有在雪山高处
在草原深处
在牧人的心灵
才能微微触痛的母音

只有在经典内涵
在壁画中央
在民间的颂词
才能轻轻触碰的雄姿

4

青稞依然坚持
守住海拔三千米的一方土地
牦牛仍然坚持
舔饮雪山融化的最后冰水
但是　我看见　草原上

苟且偷生的不是高贵的獒
而是杂种的犬

5

在一座陌生的城市
那一天　我偶然看到
在铁笼里　你咬着自己的尾巴时
我知道　你再也不会嗷嗷地嗷叫
我知道　藏獒只是个传说
一个远去的传说
只有我的族人才能记住的不老的传说

牦牛岁月

一、牦牛部落

1

我的祖母告诉我
在昨天的昨天
在从前的从前
在很久很久以前
最后隆起的青藏高原
在牦牛的牛角中间
迎接最初的太阳
观世音点化的人们
开始奔走在牦牛岁月里

白色的雪山
蓝色的湖泊
青色的草原
守护者是
黑色和白色的牦牛
还有黑白色的牦牛

我们的祖先
谱写历史的开始
是六牦牛部
那时有了牛角匕首和盾牌
后来形成十二大邦和四十小邦
再后来有了雅隆王
沿着天神的绳梯降下的王

十二位智者颈座抬回的王
聂赤赞普

2

岁月在牦牛的牛角尖轮回
王在王的领土
建起第一座宫殿
母子神殿——雍布拉康
王把王位　子孙依次相传
有了天赤七王
在和睦安详的日子里
天赤七王如虹逝去
不愿神体留世

当然　沿着天神的绳梯升天

第八代赞普和一个下臣之间
有一段滑稽的战争故事
王和臣的决斗
是雅隆部落
最高级别的首次单挑
结果王死臣称王
据说　复仇者是
王后与梦中人交合的孩子
这位成长为男人的不凡的孩子
把王位交给嫡传的兄长
书写了悉补野智者的历史
雅隆人　从此在牦牛的气息里
耕种芬芳的青稞

3

第二十八代赞普
是个幸运又不幸的王
得到佛音宝匣却又无法读懂
只好取名为“年布桑瓦”——玄秘神宝
加以供奉
这位年过花甲的王
奇迹般地返老还童
一生活了两世　一百二十岁
而他的孙子却得了癞病
在世时就住进坟墓
这位活在坟墓里的王
只好把王位传给自己先天失明的儿子

当时的雅隆一片哗然
犏牛和骡子等杂交牲畜的出现
好像怪事已连连
而这位治好眼睛的王
没有让他的臣民失望
发展牧业的同时
开始扩展自己的疆土
战争的号角
吹奏他儿子的历史
崛起的雅隆部落开启吐蕃的前奏
野牦牛驯化为家畜

野马和野狗变成忠实的伙伴
牦牛岁月的故事
一切才刚刚开始

二、牦牛王朝

1

那是个　危机四伏
内忧外患
战火纷飞的年代
父王被毒杀的仇恨
种在一个十三岁的少年心里
十三岁登上王位的第三十三代王
松赞干布
在牦牛的驮重里步步为营
平定内乱　手刃仇人
或是软硬兼施
或是大刀阔斧
建立吐蕃统一政权
尽显英雄本色

当战乱的硝烟散去
牦牛在反刍青草味时
年轻的王运筹帷幄
迁都于拉萨
在红石山建布达拉宫
派遣吞弥到印度留学[①]
迎娶唐尼两位公主[②]
修建大小昭寺[③]
翻译经典　塑造菩萨
新生的藏文佛教文化
带着酥油的香气

---

① 吞弥·桑布扎创新藏文。
② 唐朝和尼泊尔公主。
③ 大昭寺和小昭寺。

滋润高原大地
崭新的世纪从此开创
吐蕃王朝正在崛起

2

这位伟大王的曾孙王
带领十万铁骑
十万牦牛运粮到南诏

亲赴前线立马横刀
英勇战死沙场
而他的王子
却娶了金城公主
与杀父仇敌时战时和

仇恨的种子
又一次埋在一个十三岁的少年心里
又是十三岁登上王位的第三十八代王
赤松德赞
正如他的先辈
当年的王朝缔造者那样
胸怀四海　文韬武略
英气逼人　快意恩仇
吐蕃十万大军东进
铁蹄过处如狂风席卷残云
直捣黄龙　至此
双方盟誓以玉帛化干戈

这位爱恨分明的王
在吐蕃大兴佛法
从印度和邻国迎请高僧大德
修建大屋顶寺即桑耶寺

在贵族子弟中
选七觉士受戒出家
吐蕃开始在佛法普照下
一切显得那样宁静和安详
雪线上的牦牛在恬静中生活

3

第四十二代赞普
吐蕃最后一个王
注定成为背负千载骂名的王
身为赞普的王弟
在宫廷内争中惨遭毒手后
他成了新的王

据说新王烧的第一把火
就是毁佛灭法
封寺焚经
仅仅三年时间

王被暗刺
王被暗箭暗刺
箭正中王的额头
王紧握毒箭
王说了句王的话“或许早三年”
“或许晚三年”
王轰然倒地
王睁大双眼
王静静死去
王尸骨未寒
本来内讧重重的王室
一发而不可收拾
权贵集团一分为二

各自簇拥襁褓中的两位王子
开始南北对峙
最终四分五裂
统一不再
从前的臣民在现首领的号召下
高举造反大旗
高喊造反有理
不久前
还在佛前虔诚匍匐的人们
突然间像发情的野牦牛
疯狂而发疯
连从前的王的坟墓都不放过
吐蕃王朝崩溃

4

我的祖母告诉我
在昨天的昨天
在从前的从前
在很久很久以前
在雪域圣地
在吐蕃祖孙三法王时代
在黑色和白色牦牛的岁月
吐蕃臣民得佛法三宝
过吉祥安康的日子
后来一个王
一个恶魔幻化的王
一个头顶长着牛角的王
把人心像牦牛尾巴一样打散
那时太阳落入了牦牛的牛角里
黑头藏民　赭面藏人
福祉已尽
福祉已尽

青稞岁月

一、青稞种子

白度母
站在白色的雪山上
洒下白色的种子
智慧的祖先　驯化山野牦牛
在海拔三千米以上的高山上
耕种白色的青稞

岁月带走了云端的故事
孤独的青稞
在祖母的眼窝里发芽

悲情的爱神
化身人类的爱犬
守候　属于他恋人的种子
悲悯的大地开始动摇

在高处
我是最后的勇士
握着一把生锈的镰刀
守望着祖先的田地
在没有月的夜晚
对我唯一的儿子
讲述青稞的故事

骁勇善战的祖先
在青稞岁月里
从不畏惧饿狼的偷袭

也不担心女人偷汉……

在没有牦牛的驮重
马匹的蹄声里
我的儿子
请收好这一粒青稞种子
愿你　荣耀祖先
爱自己所爱的人

二、青稞爱人

1

我的山神
在度母的加持下
守护着属于我的青稞
还有我母亲的眼泪
在安多的一个小村庄
有一座像凤凰的小山下

我的路越走越远
每一次离别
父亲总会向我的神山煨桑
给我一把青稞种子
我在我的爱神的指引下
把它洒入一个初春的芬芳里
在康区的一个小古镇
有一座像玄武的小山下

我故土的牦牛河
从这里流过
叫金沙江
我的战神告诉我

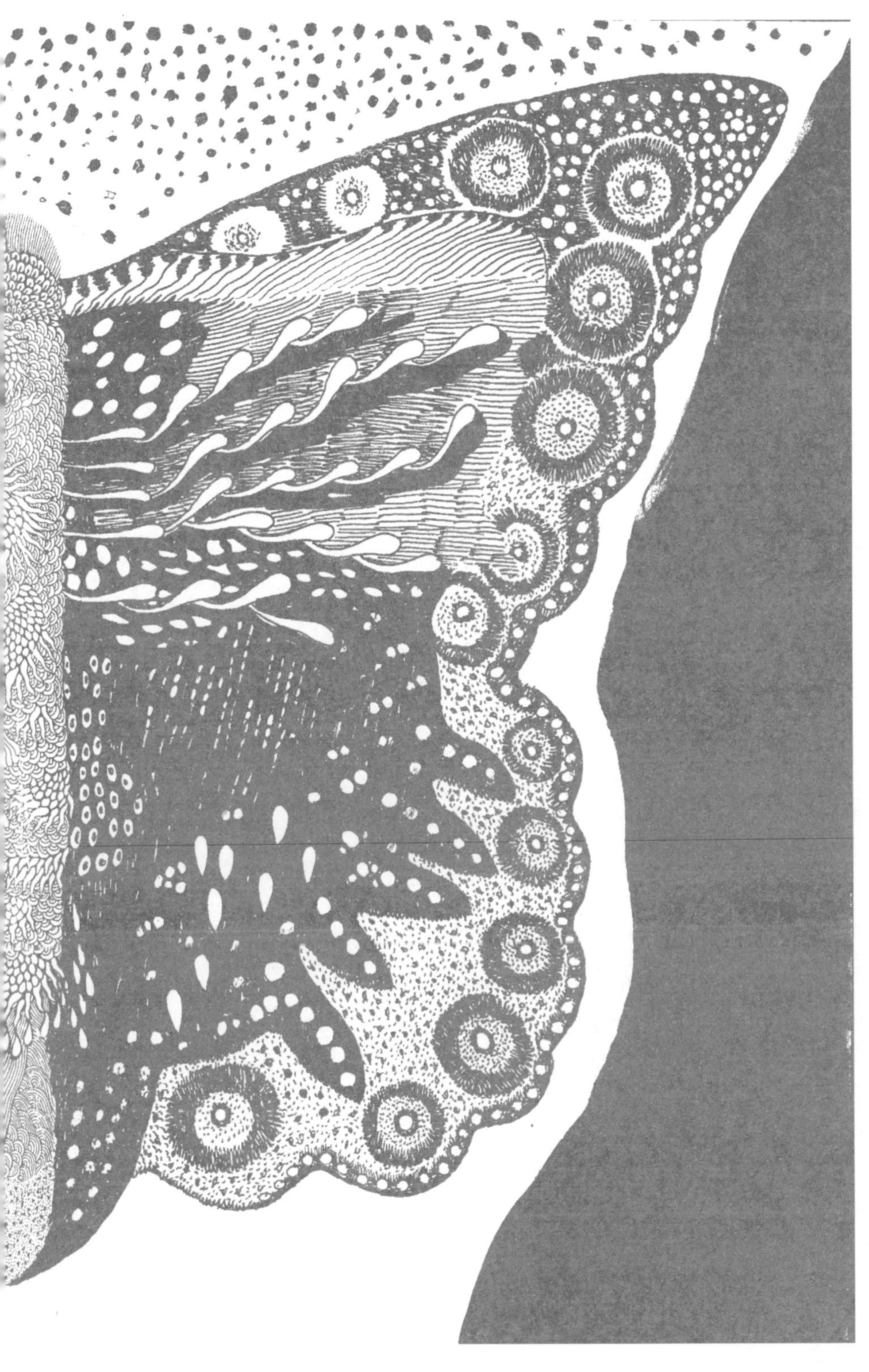

我祖先的铁骑
当年踏过这条江河
到过叫南诏的地方
却没有耕种出一粒青稞

我留在这里
收藏一束金色的禾穗
等待一个叫卓玛的姑娘
我告诉我的生神
这个地方叫香格里拉
这里有座太阳和月亮的城堡
是我祖先的城堡

2

奶子河是卓玛的河
茫曲河是我家乡的一条河
卓玛喝她的奶子河长大
我喝我的茫曲河长大

青稞的种子在两条河边发芽
不同的地方
是相同的海拔三千米
那时候　高原的天空很蓝很蓝
那时候　我们都穿着右衽的袍袄
那时候　一个在雪域安多
　　　　一个在雪域康区
吃着各自的青稞糌粑
喝着各自的酥油奶茶

香格里拉
又一年青稞花开时
我牵着了卓玛的手

等待着我们共同的青稞成熟
守望着我们共同的金色家园
那时候　高原的秋色还是很美很美
那时候　总觉得日子过得太快太快
那时候　一个打酥油茶
一个做青稞面
诉说各自的青稞故事
梦想共同的青稞岁月

3

阿爸的典经在皱纹中泛黄
阿妈的诵经声从白发中老去
静静的茫曲河
再也转不动古老的水磨石
乳白的奶子河边
再也看不见卓玛的青稞地

我在高原的暮秋里
拾取那一颗青稞的金穗
珍藏在我未曾写完的那本
青稞岁月的书中
放在我儿子的枕边……

秋　像香格里拉
古色古香的古城
我的思绪是一曲古老而悠远的牧歌
忧伤地唱不出声来
只有这草原的狼毒
坚持最后的火红

燃红了我的眼睛
滴落的却不是泪
还有我身边的卓玛

三、青稞之花

我的儿子
关于你　你的父亲是雪域安多人
　　　　你的母亲是雪域康巴人
你的祖先是雪域雅隆人
你的血管里流淌着
圣哲的智慧　父辈的勇敢
你是传承最古老文明的子嗣
你是度母眷顾的孩子
所以　你的名字叫安康·杰嗣儒尕
传播文明与智慧的嗣子
一生慧乐无穷

我的儿子
关于你　你不是选择了父母
　　　　也不是我们赐予你什么
你是开在我生命里的青稞花
带给我全新的一片天地
从此我学会　用心观赏世界
用眼睛与人对话
用微笑领悟情感
用爱感受着幸福
这一切都使你让我
你让我真正体会着
可你　你是注定没有马背的雪域高原人
你也是注定没有兄弟姊妹的零零后人

我的儿子
关于你　你是伴着初春的气息
开在我生命里的青稞花
从你学会第一句话语开始

从你迈开第一步脚丫开始
你已经在这个家里
尝过了注定要吃青稞糌粑的日子
你已经在这个世界上
迈向了注定不能一帆风顺的道路

从此　我们手牵着手
在祖先踏过的古道边
等待青草发芽
期待着青稞花开
倾听雄鹰的悲鸣
静赏孤傲的牦牛
春秋六载
这一切　犹如昨天

此刻　大地一片灿然
正如你灿烂的笑容
每一天　太阳从你眼眸中醒过来时
我总是看见发芽的青稞
长在满山满地
却发现
我的春天才刚刚开始
真正开始

西藏　我的玛吉阿米

1

像个修行者一样
静静地观想着
我的度母　我的母亲
我的情人　我的玛吉阿米
在香格里拉深秋的夜晚
我随时准备着远行
从圣者仓央嘉措
远行到安多的道路中
返行西藏
膜拜圣人的圣迹
聆听沧桑的道歌
走近你

你是我心中唯一的菩提
我的虔诚　我的意志
渗透到
雪山冰川　森林树巢
山间清泉　草甸湖泊
青稞酥油　麦子奶茶
还有　阳光　风声
雨落　鸟语　花开
在你听到　看见
闻到　摸到的地方

2

细雨洗礼着我的身体　灵魂
为了走近你
天　这样朦胧
地　是一片秋色
一片铺满金黄的道路
我是这样的时刻
这样踏上旅途
我的玛吉阿米

金沙江在这里拐了个大弯
逆转而过又顺流而下
它的源头是我的故土
我们称它为牦牛河
史称通天河
也称之为中国的母亲河——长江
仓央嘉措　当年朝江走过安多
走到安多的青海湖
在那里他肯定更加想念
他的玛吉阿米
如今我也是　朝着这条路
心是那样地想念你想念你

白马雪山
海拔四千米的垭口
我遥想着你
感受着　这一年的第一场雪
祈祷　这一路雪白
　　　这一生洁白吉祥
你和我

而人间最后一座处女圣山
绒赞卡瓦格博
就在不远的前方
天渐渐暗黑
2010年10月17日中午出发（香格里拉）

3

雨下了一夜
天朦胧　雾笼罩
面对咫尺的卡瓦格博
莲花生大师加持过的圣地
与格萨尔王大战百回的神山
我的遗憾是
无法拜读他的威严和
永远守望他的美丽的娇妻
缅茨姆圣女峰的容颜

我相信　莲花生化身的仓央嘉措
肯定知道
我此刻的心
还有我的玛吉阿米

一路的泥石流
我真的成了修路修道的行者
朝着你　朝着你
在香格里拉最边的村镇——佛山
我回望路程　转身向前
前面是西藏的盐井
2010年10月18日清晨六点（德钦）

4

盐井　这个在青藏高原上
当年有纳西人　用勤劳和智慧
创造盐田
用红土搭成梯田的地方
如今是一种独特的风景

我不知道　仓央嘉措
当年经过昌都时有没有来过这里
但是他的道歌
已经在这里传唱了三百年

今天　我从千年的古道
走近我的玛吉阿米
从芒康海拔四千米的垭口
到左贡海拔五千米的东达神山
高山峡谷　风雪雨寒
一路风尘　日夜兼程
经过邦达已到八宿
走近你　越来越近

2010年10月18日早上十点半（西藏盐井），晚上十一点五十分到达八宿

5

此刻　我来不及喝一口
八宿的热茶
顾不上路的坎坷
继续向前

午夜的世间很静很静

夜空中　大半个月亮伴随着我
我又想起
在一个深秋的圆月中
我看到了你的脸庞
从此　印在我心中的
是你迷人的笑容
深深的酒窝
我的玛吉阿米
你是否已感应到我的到来?

远处摇曳的灯盏
会不会是　阿妈等待归家孩子的指引
或者
是不是你为我整夜而点的酥油灯?

夜很冷很冷
时间却过得很慢很慢
凌晨四点我到达波密
波密在甜甜的睡梦中
2010年10月18日午夜十二点(八宿)

6

波密　我们的第一个王
从这里启程
在雅拉香波神山下
当了聂赤赞普
建立了雅隆王朝

今天我从这里
唱诵着仓央嘉措道歌
走近我的玛吉阿米

这方净土
我不敢更多地触摸
在阳光的沐浴中
她显得那样宁静羞涩
好似千年如一日

河边的青柳
是不是三百年前的青柳
但我相信
它始终在等待它的鸟儿
就像当年
仓央嘉措唱的道歌一样
就像当年
我们的王唱的情歌一样
玛吉阿米的影子
就是水中的柳枝

踏上这条古道
我想起
传说我们的第一个王
是白色面容
那么他的玛吉阿米
会不会是白色度母
2010年10月19日早上十点（波密）

7

夕阳落在江面上
像染红了少女的脸庞
迷人得让人兴奋

迷人的时光中
我进入了林芝　明珠般的林芝

山水河流
花草树木
就像我意念中的那样
熟悉得像我的玛吉阿米

玛吉阿米
前生今世
我肯定是你眼中的泪珠
从不让你轻易掉落
所以　林芝的花朵开在你的脸上
阳光是永远的伴侣
2010年10月19日下午五点（林芝）

8

林芝　今夜我想在你的怀里
　　　在我的玛吉阿米的怀里
从走进你到现在
仅仅三个小时
实在是太短太短

林芝
如果你是仓央嘉措的青柳
那么　我的画眉
你是否在这里等我？

林芝　今夜我不想让
我的玛吉阿米哭泣
我只想在你的怀里
在我的玛吉阿米怀里
安然入睡

可我就要远去
为了你　我的玛吉阿米
最后感受着
有你的气息　味道的天空和空气
黑色中我黯然离去

缘的天空
相聚何时？
2010 年 10 月 19 日晚上八点（林芝）

9

暮色中我走向你
晨雾中我离开你
没有看清你的面容
也没看到迷人的少女
工布　仓央嘉措说
纯洁的工布　养育纯洁的人儿
我就在你纯洁的灵地上
想念我纯洁的玛吉阿米

日光照耀时
我在米拉神山的胸怀
正感受着冬的寒风
刺骨入髓
金色　映黄了遥远的神山
半边是金色　半边是白色

我虔诚地举起经幡
把蓝色挂在高处
把黄色挂在低处
连成一线
天和地

蓝色是我的玛吉阿米
黄色是我

冬　真的冻伤了
这片纯洁的土地
我的少女你冷吗?
2010年10月20日早晨六点(工布)

10

天地精华
观音加持
圣地　拉萨
佛地　拉萨

天是男人
地是女人
男人女人
人间天堂

太阳是男人的刚毅
月亮是女人的柔情
阳光刺眼
月光酥骨
拉萨　让归来的人带着心愿
却忘不了远去的故事
你还是像一个慈祥的老者
把沧桑和孤独
装在袍袄里
腼腆地微笑着

拉萨　你是玛吉阿米额头上的拉萨
你是玛吉阿米心中的拉萨

让额头膜拜你
让我的心留给我的玛吉阿米吧!
2010年10月20日下午一点(拉萨)

11

在八廓街
有一所黄房子
由一首仓央嘉措的道歌命名
玛吉阿米

前世有缘的人们
今生聚集在这里
只因仓央嘉措和他的玛吉阿米
只为一个动人的故事和一次美丽的邂逅

我的到来是必然的
坐在阁楼的窗前
阳光洒落一身
熟悉的感觉
就像我的玛吉阿米的怀抱

望眼窗外
朝拜的人们在我的眼眸中
似是八瓣莲花般的八廓街里
那一片片饱满的花蕊
阳光下
缘聚缘散

三百年前
尘埃中　我肯定是一粒沙
一粒　在八廓街

风把我吹进玛吉阿米眼中的一粒沙
滴落的是一首首情歌
2010 年 10 月 20 日下午三点（八廓街）

12

千年来
你高傲地孤立在
世界的高处
看世事的变迁　听世人的悲欢
从不言语

布达拉　高贵的王宫
世人就在这里
把仓央嘉措
高高抬在天上
又重重摔到地上

还好仓央嘉措有他的道歌
仓央嘉措有他的玛吉阿米

布达拉
今天是藏历九月十五
下个月的二十五日
是当年仓央嘉措入宫坐床的日子

布达拉
我不敢走进你
你是我心中的布达拉
我宁愿是你千块石阶中的一块
五百年风吹
五百年雨打

只为
我的玛吉阿米
从这里经过
2010年10月22日早上九点（布达拉）

13

佛陀　释迦牟尼
您十二岁的等身像
是唐朝文成公主
嫁给藏王松赞干布时
随嫁妆带到西藏拉萨
供奉在大昭寺

据说大昭寺建造的功臣是一群山羊
而奇想山羊驮土填湖建寺的
又是文成公主
大昭寺也称为羊土神变寺

今天是藏历十五
无数虔诚的信徒
从四面八方跪拜而来
目的只有一个　顶礼您
洗今生的罪业
为来世修路

佛陀　我在想
和您一样少年的仓央嘉措
当年被请到布达拉宫时
也肯定选了一个吉祥的日子
来到这里
为芸芸众生

今天　我也是
为我的玛吉阿米
为一切成为母亲的众生
2010年10月22日下午三点（大昭寺）

14

傍晚的浪卡子
像她的名字一样迷人

当年出生在门隅的少年
在浪卡子成了仓央嘉措
也是今天这个日子

浪卡子　这个浪漫的地方
浪漫的少年
把别离的忧愁
留在雪地的脚印里
双眸下
春雨般的泪珠
断落在玛吉阿米的怀里

此刻　我仿佛看见
浩浩荡荡的马队
护送少年仓央嘉措前往拉萨
而刚刚受戒的这个俊男
穿着红色袈裟
回眸望乡……

恍惚间
我回头遥望
也许我的玛吉阿米

就在那高高的山岗上
目送我
2010 年 10 月 22 日傍晚六点半（浪卡子）
（当年藏历火牛年九月十七日班禅洛桑益西在浪卡子，为出生在山南门隅的少年授戒灌顶，此法名洛桑仁钦仓央嘉措，后恭请到拉萨坐床。）

15

月光下
蝎子美人更加动人
空行母抛下七两的黄金
把九湖练成一体
如今是羊卓雍措
形似蝎子
面如宝玉

怀抱着十五的月亮
你已进入梦境
酣甜的笑容是那样的安详
蝎子美人

成双的鸳鸯
成对的黄鸭
都已相拥而息

过路的我
轻轻站在湖边
我的倒影是
蓝色的月光
月色的湖面
呈现的是我的玛吉阿米
2010 年 10 月 22 日晚八点（羊卓雍措）

16

英雄的城堡
屹立在月光下
威武依然
英雄的江孜
已进入梦乡
美丽依旧

美丽的阿佳拉
你是否依然在等待你的心上人
骑马上阵的英俊少男
在这样的月色中
我的脚步会不会
吵醒你美丽的梦的归宿

江孜你美丽的草地上
是否留有
我的美丽的玛吉阿米的脚印
一百年来
你高傲的头颅是风中的堡垒
让那狗日的炮弹
飞到它的老家吧!
2010年10月22晚十一点(江孜)

17

清晨醒来
美丽的梦落在日喀则
落在我的玛吉阿米的怀里
在江孜的古堡里
我　遥望梦落的地方

日喀则　你是我的玛吉阿米
前世丢失的耳环
等待着有心的人儿
天荒地老

四处流浪的艺人
是你的使者
告诉我　望穿秋水的公主
已经等来了她的白马王子

日喀则
这一次只能遥远地遥望你
我知道
今生我的到来
不会只是这一次
2010年10月23日早上十点（江孜）

18

雅鲁藏布江水
大气平静而流
岸边是垂直的柳树

西藏的史诗从雅隆开始
融汇在世界长河中
是自己璀璨的文明

雅隆　这里有
祖先的第一处乐园——泽塘
吐蕃的第一座城堡——雍布拉康
佛教的第一座寺院——桑耶
还有琼结姑娘

琼结的少女
是否在柳树园里
相会心上的人儿
如果我也不是远行者
那么会不会遇见我的玛吉阿米

琼结　路过你
是因为去桑耶寺
去桑耶寺是因为
莲花生大师身、语、意化身的仓央嘉措
夕阳下的桑耶很美很美
江的对岸是琼结
红红的太阳
近在咫尺
拉近桑耶与琼结
2010年10月23日下午六点（桑耶）

19

天宫的琼浆玉液
滴落在人间的天湖
你是金刚度母神尊的宝镜
镶嵌在藏北草原上
天地间
献给玛吉阿米的唯一礼物

纳木错
你美丽的湖面盛开美丽的莲花
是为仓央嘉措的远行
是为他的玛吉阿米吗？

寒风吹打着朵朵浪花
我是岸边

最后的守望者
捧一朵朵
四溅纷舞的浪花
送给你
我的玛吉阿米
2010 年 10 月 24 日早上八点（纳木错）

20

美丽的少女　纯洁的少女
可可西里
你神秘的面纱
如今已丢在风里
你羞涩的眼神
已挡不住世人贪婪的目光

在白雪纷飞的晨早
只有藏羚羊知晓
我的脚印是无形的
留在你的怀里
是为了我的玛吉阿米

美丽的少女
请你睡会儿吧！
此刻，让我来当你的护花使者
还有我的玛吉阿米
“美人是睡出来的”
请你多睡会儿　多睡会儿
2010 年 10 月 26 日早上七点（可可西里）

21

蓝色的湖
是玛吉阿米的眼泪

敞开日月山的大门
等待着它的仓央嘉措

青海湖
你依然孤独吗
人世间
你已等到了仓央嘉措
哭声或笑声
紧紧拥抱过他

在意想中
我看到了三百年前的那个夜晚
月光迷人　湖光迷人
不知东西南北的风
从四面八方轻轻吹来
蓝色的湖面荡起银色的波光
仓央嘉措就在岸边
亲吻着湖面默念着什么

夜越来越深
月色中二十五岁的仓央嘉措
坚定的脚步迈向远方
越来越远

湖面上我看到了度母
观世音眼泪化作的二十一个度母
二十一个不同容色的度母
还有我的玛吉阿米的眼泪

2010年10月27日（格尔木）

香格里拉　我的卓玛姑娘

1

千年的马铃声
萦绕在千年的白石城
叮唧……叮唧……
月光古城
在千年的岁月里
仍然聆听着马帮的铃声

白度母
站在玄武山上
洒下白色莲花
如今的古城
像八瓣莲花盛开
每当白色月光洒落古城
月光城　流淌着宁静与安详

多少美丽的故事
多少美好的记忆
就像无数石块铺成的石路
只有它才知晓
那些岁月无法带走的痕迹

我的卓玛姑娘
披着白色月光
跳着原始的锅庄
十年前　来到我的梦里
把我带到香格里拉月光古城

爱的月光拨动心的弦子
从此　我留在这里

2

五月的赛马会
如期在五凤山下举行
英俊的少年　策马奔驰
七彩的杜鹃是少女的笑容

据说　五凤山神
骑黑色神马
穿黑色袍袄
黑色容颜的黑脸少年
而曾经那位赢得荣誉
赢得了姑娘芳心的黑脸少年
也是在五凤山下练就骑术

我的卓玛姑娘
年轻少女的情怀
是开在这里最美的花朵
我是来自远方的骑手

3

神奇
不是因为你是康藏十三大名寺之一
也不是云南最大的藏传佛教寺院
更不是你有“小布达拉”之称的美誉
而是你用三百多年的历史谱写
传承民族文化的价值
噶丹　松赞林寺

风雨路上
我踩着九十九块石阶走向你
在最高处
面对拉姆拉措圣湖
我总是读不懂世人的心思
只是感慨祖先的智慧

望眼你的四周
高低山围成八瓣莲花状
犹如万马归槽　万川归宗
而静静的奶子河
滋润着花草树木
养育着这片土地的人们
不同民族的兄弟姊妹

很多年前　我经常梦见
我的卓玛姑娘
在你的神殿里
匍匐在二十一个度母佛像前
虔诚祈愿的模样
冥冥中我注定要来到这里
现在　我用一生的时间
解读你和卓玛的故事

4

风从依拉草原吹过
纳帕湖畔
美丽的黑颈鹤翩翩起舞
就像我的卓玛姑娘
舞动着她的长袖

如果时间定格在这里
请不要忘记
还有一双眼睛
属于我的卓玛姑娘

头顶托起暗红色太阳
挥舞着黑褐色翅膀
高原仙子　乘着秋风
降落在纳帕湖畔
守诺与人类的约定
演绎人与动物与自然
和谐的画章

5

一条青龙
化身一块巨石　盘卧在硕多岗河
成天然石桥

天生桥
莲花生大师留下足迹的圣地
千佛呈现在石壁　只等那些有缘人
而苍龙吐雾的温泉　洗涤世人的身心
还有那尊自然度母石像
和蔼可亲的目光
注视着芸芸众生

在这天然的世界里
有信仰的人和民族
一生在真实的童话世界里
享受自然赐给他们的礼物

从不贪婪　也不违背
一年一次

让赤裸的身体和灵魂
赤裸地沐浴在自然温泉中
又一次　自然　自生

天生桥　天生温泉
这眼受过祝福的泉水
温暖着爱的世界
栖居在这里的岩鸽和红嘴鸦
歌唱着我的卓玛姑娘的心声

6

碧蓝的湖泊中央
自然的普陀岛屿
那是观世音菩萨的圣地
蓝色度母
胸口那颗蓝色珠宝
化作的蓝湖　普达措　普陀湖

我的卓玛姑娘
轻轻走过湖畔
七彩杜鹃吐艳
醉了早醒的鱼儿

天籁的歌声
穿梭原始森林
我的卓玛姑娘　在普达措
我呼吸中的芬芳是你的气息

吉祥自然的八瑞福相
呈现在你的四面八方
普达措　美得震撼
陶醉了我的卓玛姑娘
如果世上真有天堂
它就是这儿　它就是这儿

7

太阳升起的地方
情舞跳起来
尼西　在山水间

为何风里都有情歌声
为何花草树木都会舞动

尼西　情舞之乡
美丽的少女
迈开的步伐是婀娜的舞姿
健壮的小伙
说出的话语是动听的情歌

尼西　古老的村庄
传承着祖先古老的文明
那些天生的舞者
谱写着土陶和藏纸的历史

哦　我的卓玛姑娘
那一夜
我在尼西的夜空下
聆听着你的情歌
舞动着我的舞步
你记得吗

8

清晨
第一缕阳光照在观音石
水庄村
在碧绿的岗曲河边醒来
白象山引来吉祥的瑞气
巴拉格宗
峡谷深处的聚福圆满地

度母把一切美的祝福留在这里
有缘纳福的人们
安度在这里

巴拉
世间的世外桃源
从山门入谷
仿佛进入了下一个轮回

黄昏
那些调皮的鸟儿不再歌唱

只有守候巴拉子民的
美丽无瑕的三姊妹神山
霞光中
依然露出笑容
把美传给世间的卓玛
是的　曾经确实是这样

9

那朵白花
越长越大　层层叠叠
玉皇母的乳汁从花蕊中流淌
拜卜芝　白水台　仙人遗田
仙女化身的圣地
洁白如玉

那年二月八
新月泉边
那位梳妆的少女
定格在轻盈的泉水中
眼眸里是归途的阿哥

我看见　看见了
在那片相连的玉埂银丘处
牵着白牦牛的我的卓玛姑娘
摘一朵白色的花朵
供在　形如孕妇的穹窿白石处
红霞般的脸庞
幸福像花儿一样绽放

像白色乳汁的瀑布
从仙女化身的白石身体飘逸而下
洗涓我白色肉体
在我白色的心底
涌出一首白色的民歌
“阿哥和阿妹　有心来相会
采来银与珠　镶成白玉台”

10

你是从度母的眼角里
映在人间的一幅画
尼汝　睁开你的眼睛
那两道石门是你的双眼皮

我　走近你的眼眸
是在春暖花开的季节
远山的布谷鸟叫
像我在遥远的故乡时
童年记忆里的一样动听
歌唱的还有路边的小溪
我知道　那是你眼中的甘露
滋润着这片处女地
还有这片灵地的少女

走过那河边自然的梳妆石
我的脑海里浮现一幅熟悉的画面
我的卓玛姑娘
在河边洗衣沐浴后
闭目平躺在梳妆石上
湿漉漉的长发垂散在花朵上
轻轻唱着情歌
而我是对面山上的赶马人
随和唱着
“牛奶泼了是白　瓷碗碎了也白
莫死人心是白　死了骨头也白”

11

白浪滔天“满天星”
恰似伊人眼中泪
虎跳峡
这鬼斧神刀的壮观
带走了多少马帮的悲歌
留下了多少少女的思泪

我用最短的时间遥望
峭壁环锁的两岸
用最长的时间思索着
那只　曾借跳石而飞跃峡谷的猛虎

对了　我亲爱的卓玛姑娘
在前生或者来世
都不愿把爱人的脚步停驻这里
我总觉得　虎跳峡
这奇险雄伟背后
有种多情的心酸

12

原始热巴的舞步给了你动感
达摩祖师的圣迹给了你灵气
神川铁桥的遗址留给你遐想
塔城　滇金丝猴“灵灵”的家园
迪庆高原的明珠
就连你的空气中都弥漫着
传奇　故事
传说　艺术
还有眷念的气息

祭拜银杏神树
崇拜鲜花的人们
和谐安逸的生活里
总是少不了浪漫风趣的习俗
姑娘十六“穿裙礼”
小伙迎亲“抢婚俗”
都是千年的传承

而当年杰布顶[①]守桥的吐蕃王子
一失足成千古恨
狩猎失桥后的他
从杰布崖跳向石门关时
王子的眼中
会不会有她的卓玛姑娘

13

我听见
布谷鸟清脆的声音
清晨　在高山之顶
在森林怀抱的木屋里

天　或许还是朦胧　或许已亮了
我没有睁开眼睛
更没有掀开窗帘往外看看
我只想静静地躺着
想了你一晚
梦了你一夜
我的卓玛姑娘
此刻　我只想感受着

① 杰布顶：地名。

远方古刹的钟声
海螺和法号之声
威武而幽婉地传来
四月初一
向佛祖祈愿之日
达摩山上
虔诚的信徒们
踏晨而来
转山拜佛　顶礼膜拜

此刻　我怀揣着你
也加入到转山的人群中
不为别的　只为
让你我在佛祖前融合
让温暖永存在我的怀里

14

在达摩祖师圣洞
这尊千年的佛像
在这万年的岩石上
等待我此刻虔诚跪拜
佛祖　您弹指一现
就是为我的心愿会意一笑吗

您真的笑了　佛祖
就像莲花盛开
似是我那卓玛姑娘的笑容
这一刻我也笑了

虽然这世俗风尘
使我伤心落泪
但此刻　我心静如水

不管明天风雨侵袭
这一刻
我只想我的卓玛姑娘

佛祖　原谅我的红尘凡心
我爱她　就像您爱您的子民
永生永世

15

万里晴空　红叶染地
微风轻舞　溪水低歌
这醉人的美啊！
是塔城秋末的容颜

塔城　这迷人的土地
是当年　吐蕃十万雄狮
远征南诏的驻地
也是达摩祖师
成道化虹的圣地

此刻　我躺在她的怀里
寻找片刻的安宁
思念我的卓玛姑娘
不为追逐祖先的足迹
不为膜拜圣人的圣迹
只为那　只为那
与我的卓玛姑娘　梦中相会
梦中相会

16

姜萨公主
穿着白色裙子的少女们
学着你当年的舞步
在你曾经停留过的地方
在奔子栏　深情舞动

在金沙江第一湾的沙滩上
我寻找着你的足迹
据说　当年从南诏

远嫁到吐蕃时
你　穿着白裙　光着脚丫
在这里踩沙起舞
公主　我想象着那动感的画面
时间穿越到一千年前
在岸边　我是那位牵着白马的小伙
等待着我的卓玛姑娘

夜幕降临
灯光代替了篝火
舞步随着歌声
在金沙江边
在奔子栏
今夜　我的眼里只有卓玛姑娘
在人群中翩翩起舞的我的卓玛姑娘

17

雨后的泥土
吐露着葡萄的芬芳

高原的乡村
坐落西方的教堂
茨中　在这里
青稞和麦子反而显得别样
而葡萄和红酒很是平常

我的卓玛姑娘
你在茨中喝过茨中葡萄酒吗
今夜　我在茨中
葡萄酒像水一样喝

教堂　中西合璧
落在茨中最美的平地
背系青山
眼收大江
我似乎看到了
用一张牛皮
从土司和喇嘛手里
量地为领的
那位法兰西传教士的决心和信心
还有野心

百年的历史沧桑已过去
安息在教堂后花园的神父
如愿以偿　在天堂里
常年聆听着茨中教堂的钟声
品味他曾经亲手种植的葡萄酒

也许　在遥远的法国
他的同胞
品尝着从他们的国度带走的种子
第一株葡萄“玫瑰和亲爱的”
在遥远的东方高原

栽培酿制的葡萄酒
一百年后　又到了他们的饭桌上
或许他们还在说
我们为你骄傲
干杯!

18

晨曦破晓
我从云端深处拜见你
卡瓦格博
太阳在你肩头
被莲花色的光环围绕着
爱情的色彩在这里进入深处
你和缅茨姆深情对望
我相信　人世间
一切爱的执著都会得到护佑

向你走来的人们
在朝拜的路上
我向你跪拜的日子
总是行走在路上
心在归途
在路上　我呼吸在尘世中
是因为你　我的卓玛姑娘

卡瓦格博　属羊的卡瓦格博
水晶色的自然白塔
点亮着不灭的寿灯
为孤独　归途中的灵魂
指引着轮回的归宿

而在你怀里
常住的有信仰的人们
守候着家园守望着你
在宁静安详的夜晚
悠扬的弦子从远处传来
一切那么美好

19

一条哈达
从卡瓦格博胸前
铺展到人间
连接神与人的心灵对话
明永冰川
我对我的卓玛姑娘
或者　一切真善美的爱恋
会在这里接纳　永固

在这里　叩拜和仰望
是对自然万物的尊重
我们从未想过
站在最高处炫耀对自然的征服

明永　把吉祥装满火盆的地方
神不在最高处
人不在最低处
冰川哈达连接一切心的对话

20

缅茨姆摘下庄严的面纱
羞涩的笑容映在雨崩的花朵里

每一朵绽放的是
我的卓玛姑娘的脸庞

雨崩　世人无法读懂的经卷
我猜想“石篆天书”
应该是关于爱情和幸福的书函
留给世间所有有情人　有缘人

神女峰洒下七彩的花雨

雨崩神瀑
飘飞而下
经风一吹
洒落一身
有缘人　注定
安康将倾入你的肉体
爱情会永驻你的灵魂

21

在路上
时间飞逝
转眼人生半载
心归故里
总想　年轻漂泊
终究归根

而如今　香格里拉　人间的香巴拉
我用十年的时间
领悟这片土地
感受我的卓玛姑娘
我相信
在无数前世的轮回中

我们肯定无数次回眸对望
所以　今生
你睡在我枕边
我可以紧紧拥抱你
我的卓玛姑娘
人生还有几回十年

尘世人生
有苦有甜
珍惜眼前
我才拥有幸福
愿二十一个度母
眷顾我们生生世世

我的故土　我的河

青海湖，隐藏在人间的草之翡翠。

我生于见东的太平远
冰冷的巨大 孕育着浩瀚的
[illegible]。

走过那，越过那的刺骨
我的一身要入颗 [illegible] 所
捡拾着当年的纪念——
青海湖，一重重的天空。
坠入湖水的灵魂
随着雄鹰的翅膀（雄鹰）
带回。像诗一样的云彩。
青海湖，蔚蓝的湖边。
梳洗着高原的青春。
随着春天的歌声 带回。

天地·英雄集

1

穿过箭道的光
英雄归来　人民欢呼
赐福一方

邪恶被战胜
恶魔被降伏

进入了神奇的超自然地
遇到了神秘力量的帮助
得到传奇的能量和武器

从自己的家乡出发
勇敢挑战

2

除了黑夜　漫长的黑夜
吞噬日　月　星辰
大好河山

我的孤独　无助
悲催　焦虑
痛苦和希望
我的岁月在流逝
我的生命在流逝

唯有我的爱
以及我对爱的渴望的无限力量
陪伴着我

3

人们通过祈求众神
获得帮助
面对灾害和劫难
并沉思自己的困境
用语言和思想
身体的行动

我是苦行者
我是独行者
勇闯一条荆棘的路

4

日以继夜
我在陪伴着你
不要让 愚蠢 盲目
软弱 贪婪
蒙蔽你的双眼 灵魂
任何时候

我将化身战神 山神
精灵 庇护着你

5

道路上的碎石都变成刀尖
野草变成针尖

流干你每一滴血

飞禽走兽　树木河流
花草岩石　都是
我的魔幻
让你无法前进
也无法重返你的故土

6

三天过去了
九天过去了
二十一天过去了

看不到信使白鸽
乌鸦的诳叫
是我的眼泪更加苦咸

我的爱人　我的心上人
我在众神抛弃的神庙里
像个巫婆一样
喃喃自语

我唯一能默念的咒语
是你的名字

7

我的心意和智力不能动摇
我的勇气和坚韧不能退缩

错觉　幻觉
迷惑不了我的刚毅

我的心智
能够看见或听见
想象到的一切都是
恶魔设的魔障
是恶魔的恐惧

我是黑夜里的清醒者

8

树枝是长矛
刺穿你的五脏
滚落的石头是刀斧
砍断你的四肢

毒海里的毒龙
吞没你的魂魄

9

遇到暴风雨
会有“阿修罗”编你翅膀
走到黑森林
“年”神带你通过
岩石当道
“赞”神领你绕行
汪洋毒海
会有“鲁”神借你帆船

飞天赐你飞天箭
“年”神赐你鹿角弓
射穿恶魔天灵眼
“赞”神赐你金刚刀

砍断恶魔寄魂树
“鲁”神赐你龙魂鞭
抽出毒龙脊梁筋

10

又过去了九十一天
哦　光的太阳
我祈求
你的光与我的爱人同在
给予他指引
赐予他力量
让他在黑暗中吹响号角
让光芒照亮大地
让我的爱人
回到我的身边

11

我重新回到了世界的子宫
光明的世界
虽然　我的肉身被杀死过
我的肢体被抛弃在大地
我的血液被抛洒在大海

大自然的能量
使我在土　木　火　风
中得到超自然的神奇
让我借助太阳　月亮
星星之光的通道
让我重新回到
世界中心的岗蒂斯
让人们能够

幸福地仰望天上的月亮
闪闪繁星
阳光的辉煌
和自己心爱的人

12

让我们赞颂英雄
幸福的感恩是生命的意义
让我们在赖以生存的地方
跳一曲大地之舞
眨一眨温情的眼睛
靠近身边的人
温暖身边的人

13

让我们赞美神灵
“至上存在之
永恒不变的爱”
使我们没有没落
向往着纯净的憧憬
使真诚的虔心者
相信愿望的实现

14

让我们记住白光中的黑阴
使苦难中有了伟大的摆渡者
在灾难面前有了无畏的英勇者
慷慨的善缘者
沉默的团结者

战胜心的毁灭
谱写创造的历史

15

月亮下的沉思
承载着痛苦的记忆
用祖先的智慧
传唱在一代
一代人的血液里
跳出一圈圈太阳舞
还有古老的火神
燃烧着子嗣的灵魂

16

深情对视着
跳动的心逐渐平静下来
最美的女人
轻咬着自己的嘴唇
脸上泛起羞涩的红光
严厉的笑靥
渴望着爱的渴望

17

轻吻着　孩子稚嫩的脸蛋
额头　眉宇间
听那　最天真的笑声
响彻天地

牵着小小的手
和山川森林

和天地精灵对歌

18

传唱的故事
流传在天地的光和火焰中
在明亮的星睛里
在族人的心脉里
不曾消失　也从未忘记

19

温馨的感情
在大自然中悄悄滋生
孕育着万物的生命
殊胜的眷顾
是爱的不离不弃

20

让我的吻　留在你的心口
烙印在　每一个
初生婴儿的脸颊

21

大地若是睡着
请把凋零的花瓣
洒在向北的江河里
让我在最后的歌谣中醒来
让我在雪国的梦里醒来
醒来在一束光的莲花上
2017 年 6 月

天空·湖水集

1

混沌
光
宇宙和人类
世间卵
白光卵
天空
男人
蓝光卵
湖水
女人

2

诞生
乳汁洗净的躯体
连通
天空的白光和湖水的蓝光
融入血液和生命
仰卧着
最初的冥想
种在灵魂深处
不急促睁开纯洁的双眸

3

汲取天空的精华
端坐或站立

行走
识别快乐和忧愁
有种无形的力量
陪伴着
指引着
神子
勇敢地成长
五种神祇在上半身的重要部位
开启世俗的智慧
扬善抑恶
超越世俗的智慧
女子　男子

4

男人和女人
万物雌雄
唇齿的碰咬
唇语的呢喃
手的抚摸
每一寸肌肤的触摸
都是爱的袒露
都是情的坦露

5

女人　男人
天地精华
阴阳互补
生命中的缘分
改变着彼此的命相
灵魂的交合
使彼此的精气

滋润和滋养着彼此

6

道路
身心各有一条
通过彼岸
精神之光　深入骨髓
隐藏在心里

7

天空从湖面中醒来
白色的光照射在蓝色的湖面
浅浅的波光
是蓝的涟漪

诸神清除人性的污浊
空气是那么清香
森林懒懒地伸展着枝叶
映在湖面
风吹过来　说了什么

8

成群　成群的动物
在森林里悠闲地反刍青草
远看
一只小鹿
追风的速度
一群小鸟飞过小鹿
落在一处岩石上　说了什么

9

岩石上一条清泉
涓涓垂流
像一条白色的哈达
伸过草原
流入湖水　说了什么

10

一个小女孩
追赶着
前面疯跑的小男孩
在晚霞点缀的湖畔
两个小孩　停下脚步
向着天空高呼阿爸
朝着湖面高喊阿妈

一对老人跟在后面
慈祥地微笑着
默念着　长寿
长寿　万物长寿

11

天空落入湖水中
世界宁静
宇宙深邃
生命　如此安详
爱恋　如此静默

除了彼此的心跳声

12

又一次
一闪白光
划破
湖面的激情

蓝光
孕育了天地的生命

13

男人　女人
女人　男人
“阳生阴长
阳杀阴藏”
2017年5月9日

我的故土　我的河

我是
在你静穆的背后
忘却前世的尘埃
等待你蓦然的瞬间
点亮今生的灯盏
为来世的相遇

朗朗的诵经声
萦绕在肃然的大殿
有家到出家
我站在古老与现代的门槛
虔诚地祈祷
不是在你转脸的背后
而是在我有情的年华
鲁仓！鲁仓！鲁仓寺！

静静的茫曲河　再也转不动古老的水磨石
威武的凤凰山　再也无法桀骜地展翅翱翔
茫曲河是我母亲的河
凤凰山是我父亲的山
我是在安多的一个小村庄
像一座凤凰的神山下
喝那时的茫曲河长大

我的故土　我的河！

故乡　路上

岁月的掌纹在归家的心里
来回的路途是年少的倔强
所以我一直在路上

在路上　那时的杜鹃花
开在十七岁的记忆
眼眸中是遥远的遐想
我的那朵
那朵高过地平线的青稞花
开在古色古香的香格里拉
我的路越走越远
但是总觉得　人生的道路还很长很长
还觉得　妈妈的眼泪很多很多

无数次回眸的缘分
都在擦肩而过的路上
我不知道　谁的记忆里还是我当年的容颜
而我刀始懂得
妈妈的发丝在　我的路途中变白时
我已快到不惑之年
所以我一直在路上

在路上　忘却或忘不了的
都在我的心窝　映入我的眼眸
我的伙伴们　我的至亲至爱们
疼爱我的和我爱的你们
你们在路的那边　我在路的这边
有时近得咫尺　有时远在天涯

眷恋故乡

请把故乡的紫杜鹃
插在我遥远的家门上
还有那饱满的狼毒
让我用草原的牛粪
燃起阿爸
古老的火塘
再一次聆听大山的故事
……
请把游子的泪水
洒在故乡干枯的泉眼里
还有那疲倦的三江源
让我用药王的甘露
盛满阿妈
檀木的水桶
再一次倾听江河的歌声
……
请不要把习俗的传统
说成一个民族伟大的壮举
我族人的传承
撑起整个人类
碧绿的天地

在那遥远的地方

你用目光歌唱
草原的朝霞
染红一朵期待的花
羊群静听
白云深处的马蹄
似曾归来
又渐渐远去
记忆　在一汪泪水中
拉长青海湖的波浪
候鸟的羽翼
带走了金银滩的歌声
留给世人的
是你自己唱过的那首歌
在那遥远的地方
……
哦　萨耶卓玛
时间　从未衰老
爱的纯洁
歌声飘过
梦落每一个星辰
化作你轻轻一鞭

青海湖，献给爱人的单只绿松石耳环

我是不是来得太迟
冰冷的石头　敲击湖面的声音
是这样的刺耳
我的一百零八颗愿望啊
捻转着你的名字
青海湖　高蓝的天空
坠入湖水的灵魂
随雄鹰的翅膀
带向　像诗一样的天堂
……
我是不是来得太迟
干枯的草地　圈养羊群的脚步
是那样的缓慢
我的一千零一夜心愿啊
述说着你的故事
青海湖　蔚蓝的湖面
枕伴高原的童话
随母音的歌声
带向　像诗一样的国度
……
我是不是来得太迟
泪水翻过的岁月
什么都发生了
又什么都归于平静
青海湖　唯有不变的是
天地间
你是献给我爱人的单只绿松石耳环

归来

1

那样古老的寂静
我不敢触碰走失的岁月
青涩的年华已离我远去
我的每次到来
都在读你同样的故事
鲁仓寺
所有的时刻
在记忆的年轮里
那面笑容或痛楚的呻吟
留在蓦然回首的刹那
不曾感恩的爱
击破茫曲河的冰层
直碎我的心脏
……
唯有　默默的诵经声
让我泪流满面

2

是啊　这样的时刻
故乡的风让我不能遇见
一朵花的尘缘
我走过你的路途
凝视沙漠的吞没
凤凰山
我故土的神山
在悄无声息中

变白了额头
我心中的堡垒
化为一粒粒沙尘
蔓延在故乡的山河
而我却越走越远
……
唯有　村头的白杨树
让我愧疚的心
有一丝丝暖意

遥远的故乡

也许　风还是不是很轻
吹过草地的声音
穿过鹰的翅膀
在羊群与白云间
画一圈白色的梦想
故乡　在年少的心里
幻想遥远的他乡
他乡　在年成的心里
想念遥远的故乡
故乡　故乡
让风肆意吹在脸上
迎风　光着脚
踩在草地和泥土
与骏马比速度
与雄鹰比冲刺
让母亲的叫喊声抛在脑后
装作　会欣赏
小女孩的红脸蛋
偷偷亲一口
追逐嬉笑的打骂声
进入梦境
吮吸母亲的乳汁
感觉尿撒得又高又远
却又落在故乡的土地上

故乡——鲁仓寺

鲁仓寺
在我故乡的茫曲河边
鲁仓寺
在琼图神山的山脉下
鲁仓寺
在母亲捻转的念珠间
鲁仓寺
在游子孤独的信念里
鲁仓寺
是我记忆中的坚韧
是我旅途上的孤傲
鲁仓寺
展翅着我的梦想
接纳着我的悲伤
鲁仓寺
是我灵魂深处的一朵白莲花
绽放着世界上所有圣洁的爱

家　走远

世界很大
冥冥之中的缘
在一方水土
家　很远
在我的眼光看不到的地方
家　很大
在我的心窝装不满的地方

我讨厌我一直在路上
我感慨我越走越远

我的额头的“天字”
化成胸口的天珠
我的执著
我的爱恋
我的初心
我一直在路上
世界很大

而我越来越想家

故乡月

抬头仰望
在车窗的玻璃间
都说　“月是故乡圆”

我在异乡的路上
少年的梦啊
随车轮忘记记忆的圆月
多少寂静的夜啊
涌在心里的冰冷
那是岁月如梭的磨炼
曾想起故乡的云
如今　更多的牵挂
除了耳边的声音
就是遥远的思念

香格里拉

岁月激荡的山川
安葬欲望的灵魂
不同族人的信仰
是一种文明的传承
谁的悲悯
绽开时轮的幽暗
敞开的心扉
不再需要嘲讽的称颂
那些高傲的头颅
固守一刻
让虔诚的心
弯下腰
拾取失去的心
点一盏酥油供灯
在自然生活中修养善性
在浩然过错中机缘巧遇

香格里拉
我行走在这里
我守候在这里

亲爱的，香巴拉

1

亲爱的
我突然有欲望
在香格里拉干旱后的雨里
咬着你的耳朵
打开一扇窗
听雨落的断点
接受所有早已枯萎的花瓣
或者开放的荷包
或者藏露的含苞

亲爱的
我像洒落的精华
坠落宇宙的香巴拉
莲花绽放了吗
重生
亲爱的
我回归了！

2

亲爱的
雨落的节奏
绽开乌鸦的翅膀
心中的莲花
在我的眼角
一束眼的光里
你等待着　我在回归的路上

香巴拉　勇士的乳白的血

亲爱的
飞翔的节奏
绽放爱人的光芒
手中的剑锋
在你的心里
情的望眼
乌鸦飞来　在你等待的帐篷
香巴拉

3

亲爱的
我把雨寄给了太阳
太阳把自己围了个圈
今天　我们从同一个故乡来的人
为自己在草原上搭建帐篷
把自己围起来
蜜汁和花粉洒在自己的脸上
让苍蝇来舔
亲爱的
我们谈论
岗底斯山脚下延伸的文明
然后用麻绳
嬉戏童年的回忆
告诉自己
智慧的　善志的心从未改变
我们用牧歌唱出家园的思念
让马蹄翻掘牛粪
让篝火燃烧灵魂
欲望的发泄
画了一幅丑陋的画

最后说
酒　强奸了我！

4

般玛　莲花
开在
牦牛的牛角尖
因果　饱满的花蕊
你不懂　我也不懂
凋落在生命的牛角尖
太阳　月亮　还有亲爱的星星
勇敢的种子
那么勇敢地发芽
在香格里拉的土壤里
看到遥远　到遥远
亲情　莲花盛开
……

觐献卡瓦格博

生命的丈量
握在一棵九节竹子的末段
轮回的气息
刻在一座十三神山的脚下
哦！卡瓦格博
您开启　芸芸众生的智慧
我匍匐觐见
在雨崩　读圣者留下的经卷
您一定悲悯
世间的来者
卡瓦格博　属羊的卡瓦格博
那么　就把我的灵魂
与世人
一起净化

走近雨崩

正在
接近你　或远或近
雨崩　涓洗来者
潺潺溪流　彩虹映在
石头上　顷刻
神瀑　因心而动
因缘而动
万物与生命的链接
就在出生的哭泣里
孩子
你记住
生命　才刚刚开始
在轮回的岁月里
在父母的怀抱里
在卡瓦格博的臂膀中！

六月，在香格里拉

香格里拉
在静止的天穹下
静一静
在一角清净地

看懒懒的云
看呆呆的树
随心自由

香格里拉
树木正在萌芽
春天才刚刚到来
大地编织花的梦
满怀依依
生命爱抚着生命

香格里拉
幽静的美
悠悠人心
此刻　世界如此宽容
一切显得那么充满爱

香格里拉
舒展的姿态
神秘地温顺地
微笑
微笑着
向忧郁嘲笑
充实着人间的空虚

眼睛 · 月亮湖

你的眼睛和
月亮落入一面湖里
在高原
寻觅你
我轮回了一千次
月亮　眼睛　湖
在我的万年的尘世中
我相信我只是错过
却没有忘记
那种感觉
我忠于这双眼
我渴望那面湖
我想象乡土的月

突然　所有的所有
和多雨的初秋
和夜晚的闪电
和没有颜色的白
和坠入湖里的月
和月球背面的眼

亲爱的我在人间香巴拉
今天
找到了你吗

纳帕海，一所房子的记忆

天空
对着一所房子的记忆
晴天或者雨天
有树　有花
前方有一面季节的湖
你喜欢吗　纳帕海

遥远的辽阔
在羊毛剪子
剪短的雨水中烙成一朵
一朵白色的花

那种
只有候鸟的翅膀啊
翱翔的记忆
在我的天空
在你的天空

天空啊
让雨　自然地下吧
在一所房子的记忆里
有花　有树
无声中
有面湖　纳帕海

江东，在云端

1

在江东
麦子在我的骨髓里发芽
青稞在我的血液里膨胀
在江东
想梦你的夜里
一群男人酒醉后的呼噜声
唤醒我吐蕃铁骑的记忆

在这里
曾是我们直至南诏的古道
在这里
曾是我们江上铁桥的辉煌
在这里
曾是我们牦牛岁月的开始

没有鸟儿鸣叫的清晨
阳光洒落在碧绿的江面
在江东
安多的牧人成了江边的耕种人
在岁月的江岸，在祖先的故事里
我面朝大江，背朝大山
突然我想撒一泡浑浊的尿
为了膨胀的昨夜
为了膨胀的今天

2

麦子风动的言语
是夜晚　想念一个人的情话
涓涓不息的溪水声
是不是　远方伊人的回音

我把月光洒给你
还有麦穗和花朵
你青丝及腰　翩翩走来
少女的你
犹如我的玛吉阿米
在梦里

醒来
你在阳光的怀里
我在你的怀里

江东，如诗如梦！

3

你　少女的容颜
在我抬头的刹那间
映在花的眼眸
风从江面吹拂
在这含苞的时刻
我不知道
是花朵还是你的笑容

夜的思绪
在晨曦中绽放

是你的羞涩还是朝霞的红颜
春的芬芳
让你沐浴在阳光下

在低谷我仰望高处
我低于江水　江水高过山麦
江东　云端是谁的情缘！

踩着沙滩的脚印
留在夜空的行星上
安静是你的夜晚
夜晚是我的情思　江东

在你安静的夜里
我想安详地入睡
如果可以
我想摘那朵可人的花儿
在梦里　让她永不凋谢！

今夜　我想提前和你说
晚安江东！晚安……！

4

你的暮色　涌入谁的眼眸
星星在江面哭泣
风又在　谁的指尖
默数山麦的穗花
月亮在你的脸庞
照艳湛蓝的兰花

江东　今夜
谁又在谁的思绪

为一朵花流泪?
蓦然的回眸　看不够
这寂静的夜里你处女的容颜
在你的怀里微微阵痛

江东
三十天太短
“一万年太长……”
今夜
就让你的花朵
插在我的胸口
让泪水在我的心窝滴落
让笑容在你的眼中绽放

守望千年

守望千年

那高山是我的牧场.
墙外的
承载着千年的足迹
浸延在咒语掠着.
百年的梦想
沐浴祖先的湖水

枯萎
我的如今的"海子"
湖

穿行的咒语师
纵然坚持在这里是咒语陈地
却无法防御
消失的进犯

一颗心　两个梦

此时成熟的秋天无处不在
天空变成金黄色的梦境
被色彩拥抱的欲望
在天边激荡着眷念
于是，一颗心坠入了
一双守望的眼睛里
分成两半
……
熟透的大地
在金黄色的金黄中
渴望一种缠绵的絮语
诱人的气息
迷醉的影子
于是，一双眼湿润了
一颗分半的心
开始入睡
会长出淡绿色的梦吗

九月

我开始干呕　恶心
大地不是受孕的季节
尘埃和迷梦
刺探着我的灵魂
低声的呼吸
透过黑色的卷发
赭色的面孔逐渐变得黝黑
膨胀的血脉搅动着秋天的乾坤！
九月的秋天
分娩的太阳藏着欲火的秘密
九月的大地
凡俗之事是爱情
九月的天空
凡俗之事是生命
九月的太阳有毒
太阳有毒！　太阳有毒！

等，第一场雪飘落

等太阳再大点
风不再那么干燥
坠落的叶
隐埋僵硬的树枝
霜会覆盖茫茫田野
大地承受起
沉重的踩踏
记忆中那一季的花
在这一晚的梦里
盛开整个冬天
我在想
再慢一些
等一个冬天
在你的心里漫过相思
你会不会
不眨眼
看　第一场雪飘落我的心窝
勾起双眼泪流的刺痛

我这里下雪了

入冬的初雪
趁着午后的寂静
飘落安详的香格里拉
转而化作水晶
融入心间冬的絮语
高处
还有一层白
在阳光看不到的角落
坚持着　它最初也是最后的容颜
接着风带走了最后的白色
我不禁微微颤抖
仿佛是害怕太阳坠落
我的愿望啊　也随风远去
在暮色中　我静静伫立
也许　你也是这样安静
　　　你也在这样遥想
……
此刻　被风轻轻摇曳的行星
开始露出明亮的眼睛
窃窃私语
仿佛诉说着爱的故事
又好像在告诉你
我这里下雪了

一滴玉冰泪的梦

一场雪过后
高原在我的血管里冻僵
雪莲在我的心酸中凋零
一滴玉冰泪
在我的眼里
变成一对绿松石耳环
来自遥远
来自比故乡还遥远的地方
来自被称为印第安的土著
来自墨西哥的岩画
来自玛雅城的遗址
属于一个姑娘
与雪域没有关系的地方
和雪域有关的物件
把我的心常常牵动
这个冬天
我常常梦见
一个戴绿松石耳环的姑娘
在岗底斯山下
一路向西
又一路向东

一朵云的梦

阳光照耀
一朵云的梦
一个远方的梦
圆梦的月亮
半生在白昼的湖面
冬日细语
讲述一颗远方的梦星
划破远方的心
飘落空气里的话语
失去原有的温度
味道淡了许多
还好有这样一个梦
在希望的心里滋生
还好有这样一首诗
在爱人的梦里朗诵

季节里的梦

美丽的静怡
是整个季节的涅槃
在我整个思绪里
万千的星辉
坠落花的灵魂
一次邂逅
是刹那间的火花
……
无声地吹拂
飘动一次
世间的情愿
致天涯或咫尺
海角或比邻
………
美丽的芬芳
是整个季节的送别
在我整夜的梦里
如此短暂

风吹心事

将心事
悄悄挂在七月最后的月牙尖
让我的字
轻轻地掉进你的梦里
无论思念
还是为了明天
在岁月的花香里
在我的生命里
都会有你气息的风骨

黑夜的呻吟

我呼吸　黑夜的呻吟
雨是我伤口流淌的　黑暗里的雷电
时间错过了白云的思念
绝望　能落下泪的乌云
由闪电和惊雷惊吓

永恒的瞬间
刹那的亘古
我更加想念早熟的麦子
在爱人的眼窝　记载
金黄的梦想

春天到来
无论我在哪里
一粒种子　永远在你的土地上

最初的梦想

生命最初的梦想
没有过多的激昂
几经不变的初衷
如此安知
原本的模样
寄寓流年的艳丽
一切那么尽然
……
绮丽的幻化
捆缚
聚集离散的悲愁
默许的时光荏苒
默然地等待温情
……
如不是
最后的渴望
那本是陪伴的呢喃

心里的梦

我宁愿坠落在你的眼里
就像深秋的最后一朵云彩
隐没在澄蓝的湖底
情圈嶙峋的孤山
……
我的胸怀中
依然　漫溢着春天的幸福
只因为你在我的心里
对我微笑　亦如当初
那翠蓝缱绻
芬芳氤氲的季节
正如你我才初初相遇
盛放着异彩纷呈的梦
……
幽美化作深邃的祝福
那么你的心会不会
离我更近点

拉萨·柔

1

在拉萨　放生的太阳是柔的
煨桑的火种也是柔的
在拉萨　回归的月亮是柔的
觐见的祈愿也是柔的
在拉萨　白宫的智慧是柔的
和战的石碑也是柔的
在拉萨　红宫的慈悲是柔的
传布的教义也是柔的
在拉萨　英雄的传说是柔的
出鞘的刀刃也是柔的

2

在拉萨　湖中的石头是柔的
刻画的明咒也是柔的
在拉萨　山峦的雪峰是柔的
迎风的经幡也是柔的
在拉萨　爱恋的味道是柔的
远方的寄语也是柔的
在拉萨　聆听的诗歌是柔的
释然的情怀也是柔的
在拉萨　达珍的歌声是柔的
遥远的思念也是柔的

菩提·轮回

1

风　吹过喜马拉雅山脉
巴格马蒂河
接受　没有哭声的葬礼
蓝毗尼　一颗菩提籽掉落
大地开始震动
太阳躲进云层　雨水倾泻
一次涅槃
七朵莲花枯萎
一个孩子呼唤沉睡的母亲

2

尼泊尔　“娜玛斯德！”

3

风　吹拂喜马拉雅山脉
巴格马蒂河
接受　原始灵魂的洗礼
蓝毗尼　一颗菩提籽生长
大地　亘古不变
雨水回归大海　太阳升起
一次轮回
七朵莲花盛开
一个母亲叫醒熟睡的孩子

“娜玛斯德！”　尼泊尔

松州·守望岁月

苍白不是无言的结局
守望的少女
谱写英雄的归去来兮
瘦小的乳房
哺育原始的图腾
松州
我的赞普在这里挥一挥手
一千年前
为一万年前族人的迁徙
画一番未来的蓝图
你说是刀剑对峙长矛
是因为没有名字的汉家公主
那么他的王子今夜到来
不是为了过滤岷江的浑浊
而是歌唱博羌的吐蕃
你听到了吗

松潘·迎接与送别

一场雪的迎接或送别
都是一种祝福的轮回
那些打马回家的汉子
在少女的眼眸中若隐若现
茶马古道遥遥无尽
只有阿妈的酥油茶香
弥留在天地之间
赶马归家的儿子
你是否看到
苍穹下　古道上
岷江边　青山间
那一缕故乡的炊烟
袅袅升起的炊烟
眼前是阿妈
眼前是爱人
松潘
疆土在松赞干布的脚下
博羌的酒醉了千年的城堡
博羌的歌美了万年的河山
如今　迎送千万的匆匆过客
那么我也要回家了
那么我的眼前
也是阿妈的等待
爱人的笑容
那么我的眼前正是茫茫雪域

藏彝·不熄的万年火种

火红的火塘
是永不熄的万年火
古老的三石砌成的“锅庄”
围成六月的火把
索玛花开
北斗星斗柄正上指　大暑
北斗星斗柄正下指　大寒
古老的彝家历法
大暑为火把节　大寒为十月年
你说：你们也有十月太阳历
虎族人　像火一样的民族
崇拜虎
你说：你们是雪族六氏彝家六子
纵情四方　八面开花
那么　我懂了
威楚　鹿城　楚雄
我的牦牛河
你的金沙江边　狮子山下
毕摩传承着
我们原始的文化
红色的火焰在雄鹰的翅膀
燃烧一个民族的信仰
那么　我懂了
楚雄
狩猎的阿哥回来了
哭干的眼泪流出滴滴鲜血
染红的白色杜鹃
开遍了满山艳红的马樱花
彝家的阿妹你是否还在等候

大理·白与善

曾几时
雪域的雪飘落苍山
激起洱海的月　荡漾
白家女子的心思
南诏的城门迎接吐蕃的哈达
吐蕃的王子迎娶南诏的公主
从此　白善的文化在大理盛行
……
白族人
以白为贵　以白为美
乳汁色的白　雪山色的白
吉祥的白
白色的云朵高过白色的庭院
白色的花朵开在白色的泉边
白家的金花　你是否看到
我把白色的石子
丢在白色的泉眼
我的心有多白
我的情有多深
……
又何时
下关的风吹拂大理
开艳上关的花　鲜美
藏家汉子的眼眸
风花雪月　春夏秋冬
蓦然回首
白家的阁楼空空
白家的阿妹
却在灯火阑珊处

雨·念想

因为在路上
昼在雨的洗礼中
我告别一朵从未怒放的夏花
追赶匆忙飞过的蝴蝶
我突然有
让梦穿越你的心的感觉
又突然想喝杯咖啡
卡布奇诺
想起一本叫《卡布奇诺》的小说
……
我在一座古老的石刻前
读一个古老的故事
想一个有故事的人
我行走
雨　亲吻一个人的脸庞
心口　全身
淋湿了夜的影子
是啊　我在一次文化调研的路上
躺在一张床上
此刻是从后面拥抱你的姿势

花朵·花季

我走过花朵的芬芳
喜欢一个与花有关的名字
我听过蝉的鸣叫
轻呼一朵野花的乳名
我走进你的心房
绽放百花的姿态
我痴迷如花
我痴情如花
我的爱人如花
我的爱恋如花
我在花朵中睡去
我在花朵中死去
却错过五个轮回的花季

古道·思绪

因为在路上
我眺望古道的沧桑
江的两岸
守望恋人的村庄
化作一对眼睛的泪滴
流入远方
遥远　遥远
遥远爱人的思绪
幻化一片红叶
落寞茶马古道最后的马蹄印记
刻画伤感的花朵
……
一只鸟儿
鸣语　忘不了的眷念
那个曾经的爱恋
如今在我的故事里
依然升华
我的影子
此刻是亲吻你的姿势

灵魂 · 爱情

生命的意义赋予了自然
自然的精灵
变成很多石头的灵魂
岁月与它们无关
只有爱情的种子
吸收天地的精华
处处发芽
时刻生长
植入我的血液
使我变得孤独
让我想起爱人
我静默如山谷的夜色
刻画一个人的轮廓
在自己的心空间
不让任何人看见
只为你　好梦有我
此刻　我是抱紧你入睡的姿势

卡瓦格博 · 白莲花爱人

因为在路上
眼里掠过的风
飘动着风马
在高处　神战胜了
神战胜了
心里装着一个人
我行走　方向是
云里雾里的卡瓦格博
那朵红莲染红的白
是个殊胜的夜晚
羞涩如缅茨姆[①]的面纱
在爱人的怀里见证着爱情的坚毅
梅里山脉　那圣洁的白色
是爱的圣奥
……
雨在空气中舞动
爱的节奏进入深处
那朵红莲绽放
弥漫着爱人的芬芳
我呼吸着你的呼吸
我感觉着你的感觉
在我的每一次心跳声中
……
卡瓦格博
我自我表述
我尚未出生之前
你是否就选择了我

---

① 卡瓦格博的爱人，山峰上常年有云雾。

沐浴我　洗净我
让我在这里靠近
让我的爱人在这里滴落一滴泪
让我用心亲吻她的眼眸
好吧
那就让我们彼此拥抱
把身、心、语都进入对方的灵魂
深入　再深入

云·湖水

因为在路上
云朵眷念一片蓝
落入湖中的声音
加快我的心跳
每一次　多想你一遍
此刻　世间是
一面湖水
没有潮起潮落
宁静而深邃
只有
回归思念的牧歌
划向爱人的心湖
让爱在天空绽放
让情在湖心停泊

果实 · 远方

因为在路上
成熟的果子
忘记习惯的季节
为有缘的人儿
送上饱满的祝福
吉祥　带去远方
幸福　带给远方
远方是一眸眼的距离
远方是一颗心的距离
距离是一颗颗果实
守住的希望
随风
我心有些忧伤
却没有什么可使我们灰心
爱　还在明天
明天又是希望的果园
酸甜苦辣
都由我们亲口尝尝

路·回归

泉眼涌入石头的乳房
大山的眼泪落入遥远的村庄
江河在一扇窗里哭泣
一条路
在看不到的尽头
我能见你
我可触摸你
羞怯的脸
而我在想念的疼痛中
收获花瓣的芬芳
含在嘴里
这味道多么熟悉
对啊
让道路回归石头
让江河回归泉水
让我的吻回归爱人的胸口

云·幻想

因为在路上
我喜欢望高处的云
厚重的云
随我的想象变幻
幻化成我的臆想
遥遥无极的天空
慷慨地
传送着
我的真心
每一朵云
都是一首情意绵绵的诗画
我创造着
飞鸟　走兽
山河　森林
还有花　还有你
美丽的你　在没有
欲望　贪婪
忧伤　痛苦的世界
我的世界里
我的心里　我的眼里
在春风般的温婉里
在阳光似的微笑中

翩翩起舞

雨 · 想念

因为在路上
眼前的一切是雨的速度
没有快感
没有节奏
敲碎了憧憬的梦幻

一句话语是路途的遥远
是激情中的快乐
感动和幸福
那么　好
七月末的暴雨
结束时　我想说
想我吧
今天我的话语
是你　留给夏天的花絮

若是
你一半的心念我
那么　明天
我宁愿是你睁开眼睛时
消失的　一滴露

古镇·遗忘

因为在路上
岁月的沉淀
淹没　祖先的脚印
土色的墙在石头的脊梁上成长
千年　千年的称颂
一头黑牛
一井盐池
一座古镇
还有一段遗憾的爱

岁月还是
没有改变
草丛中的可惜的花
挂在刻意的墙角
为了爱情
我高呼万岁
千年的古镇
古镇的故事
唯一的结局是
泥土在石头的爱恋中
骄傲地
麻木后
谈论祖先的故乡

光影·苍白

因为在路上
我在光影中　看到
你在地球的位置
离我今天的雪域很远
离我现在的距离很近
天空飞过的鹰
翅膀上是灰烬
却光芒无尽的灯
一盏阿弥陀佛灯
在没有佛像的塔龛里
无量寿字
留给你的大地
遍地开花　瑞兽相守

铁骑兵团　遗留的消失
原来　我的习惯
在你地球的位置
泥土中少了青稞的芬芳
多了稻谷的味道
千年来
白色的雪　在你额头化作雨
你的双眸里　少了故乡的颜色
除了云
你就是祖先故乡的白
你就是族人刻画的白
是今天的族人遗忘的白
所有这些　所有这些
我的相信　我的坚持
都那么苍白

金顶 · 归宿

因为在路上
孔雀在
“有一个美丽的地方”
金顶
是整个的夙愿
在这方土地
除了千年　更早是心
像孔雀翎
那么美　真善美
延伸佛教的道歌
舞蹈　开屏

记忆·太阳历

因为在路上
河流的声音
寻觅千年的足迹
人类　在太阳下的舞蹈
被变种的野牛看见
相互围绕着
相互摇头晃脑
相互摇头摆尾
很多年后
野牛累了
开始　低头耕地
继续舞蹈的人　搭建草屋

一千年　三千年　九千年
公元前
矿颜和动物的血
刻画了古老的历史
最初的祭师
不一定是唯一的画师
但时间　肯定与当时的九月有关
　因为十月的新生
　因为古老的太阳历年
那古老的九月
肯定是丰收的喜庆
痛苦的认知
幸福的记忆
在风化的摩崖上舞蹈
遥遥的九月
太阳历的九月

成都　成都

成都　成都
成都　成都

一个女孩　穿着百褶裙
在宽窄巷子　挽着我的手
脚步合着脚步
成都　下一场无风的细雨吧
我为我爱的人　已经
准备好一把油纸的伞

一个女孩　穿着百褶裙
在兰桂坊酒吧　靠着我的肩
耳语缠着耳语
成都　熄灭你所有的灯火吧
我为我爱的人　已经
准备好满天的星光

成都　我的青春
走过你阴雨的冬天
也走过你炙热的夏天

成都　我回眸的眷恋
如今　是你全部的记忆
　　　是我全部的爱恋
只因你的空气里弥漫着
有个女孩的芬芳
只为我能呼吸着她的呼吸

成都　今夜我在你的怀里！

林芝　絮语

1

山峦的云雾
羞涩
心思是缭绕成白色的哈达
白昼
太阳找不到我的影子
黑夜
雨声是林芝的絮语
淹没滴落的水
浇灌已经绽放的花朵

所有囚禁的石头上
都刻了六字真言
安放在
爱人的梦里
那双双的恋鸟
守护着
那一面自然神奇的圣石
渴望的阳光终于洒过
定格的画面

时间的字眼里
除了匆匆就是匆匆

林芝　今夜
我想在你的怀里

2

在你的颜色里
我想象长远
古老或明天

他们说　林芝的太阳多情
为了月亮
把时间在短暂里粉彩
忽略星星

他们说　六月是林芝的雨
七月是林芝的云

谁知道
林芝的云
是　每一天等待
等待久远的夙愿的恩赐

在拉萨

1

时光在七月的雨里
我从林芝走来　昨天
拉萨的太阳　半落在我的额头
我在高处
感受不到我的高傲

雨是清晨的洗礼
像拉萨的酒一样如期到来
是啊　除了麻木
我只能　想念时间
久远的时间
昨天的时间
唯有我的爱人　在荏苒的时光里
在轮回的岁月
在西藏的雨季等我　我的挚友

亲爱的　开始
我喜欢雨
时光等待的雨

那么
好吧
让我把时光里所有哭痛的雨
化成雪域原有的雪
所有等待的雨
化成雪域原有的河
让雨是自然的感动

亲爱的　我在西藏的时光里
感到无比的孤独

2

一种概念
在短暂的记忆里重复着
世界屋脊
世代的族人　是
世俗悲悯

袅袅桑烟
金座金卷
虔诚和信仰
遥遥相望
真情流露
那是遥远的时光的记忆

我还是泪流满面
在这样　殊胜的日子里
可以在如此真心的痛苦中聆听
聆听　拉萨雨落的黑夜和
黑夜里　爱人突然从噩梦中醒来的叹气声

时光流逝
期望是微微的笑颜

欲望心事

遥远的路途上
欲望心事
无意而偶然
落寞

遥远的朋友
从电话里传来乡音
在很近的距离
无法相逢

时光在木里
短暂的阳光下
在太阳雨下
悲欢　担忧
众僧的祈愿
凝聚诸神的悲悯

签　中吉
解曰：
机遇之象　偶成

守望千年

那高处的高山牧场
承载着千年的足迹

谁还在坚持着
万年的梦想
不让祖先的湖水
枯萎
成为如今的“湖子”

雍仲的咒语师
依然在这里坚守阵地
却无法防御
污浊的进犯

惦念

阳光柔媚
欲念的花
脱落了所有的装扮
素香似少女的清纯
我的眼泪和微笑
埋葬在
你赤脚走过的土地上

车轮辗过
岁月的痕迹
我在时光的皱纹里
亲吻着
你合上双眼的脸颊
颤抖着双唇

情感波动
在所有飞翔的翅膀上
天空溶进了湖水
在我的生命里
你留了
一首浓郁的短曲

一切念想
我无法找到
你儿时丢弃的
那一朵路边的花
在我的梦里变幻
一盏酥油花

开在世界最高处的雪峰上
永不凋谢

没有谁
像我一样
把所有凋落的花瓣
洒在向东的江河里
每一天
太阳升起时
每一束光里
都像是你绽放的笑容

善愿

因为在路上
每一刻
刹那的思绪
都是万千的星辉　落定
尘埃中的善缘

一切点点滴滴
一切密不可分
哪怕一面质疑
哪怕一念善存

善根是一株菩提
在你善知的最美的静怡里
在最不可思议的时间或空间中
一定开花结果

愿　一切美好!

时间如露

除了金顶的莲花
还有湖中的石塔
除了风
除了云
除了象山下的终生归心
还有人间诸神的香格里拉
我忘记了岁月和年龄
我从空间中穿梭
没人知道
我的时间
是你的叶上
初吻的露

看你，花的世界

没有谁丈量你走过的路
花开雨落
麦子熟了
生命的安详
是熟睡的宁静
春夏秋冬

我在云里雾里
看你，花的世界

卡布奇诺

苦涩
我只喜欢卡布奇诺
醇香
我只喜欢卡布奇诺
深情
我只喜欢卡布奇诺
无声的痛苦
孤独的耳语
卡布奇诺
我在你的眼泪里
尝过一世的情缘
所有的冰花
刹那间的落叶
一个世界
隔绝着
有一个你爱着的生命

悄然
我只有别离来想念你
愁伤
我只喝卡布奇诺
因为谁曾在你生命里刻骨铭心
所以你爱他：苦　甜　深沉

卡布奇诺，我爱你
为自己所爱的人
静静点一杯卡布奇诺
喝上岁月的歌谣

灵魂深处的月

我要的本不是半夜的醉
只是供养黑夜的月
灵魂深处的浊酒
过滤或摆渡
深夜的幽怨

曙色在募化
你的回眸
半月或圆月
初春或晚秋
夏热或冬霾

回忆朦胧
月下独酌
漂泊的风
是人心的燥热
和世间的无奈
在狂野的梦里
流一滴泪
洒落一夜月色

你的同事　我的同学

岁月没有风化我们的骨髓
还有心疼的情意
十六年
我们安好

我们安好
九七西南班
五大藏区学子
第一次聚集在民大的同学

我们安好　我的同学
成为母亲　当了父亲的同学
十六年来见过的
没有机会见面的同学们
我的大学同学
我们安好

哪怕微信的知晓
都是感动　心爱的感动
时间老去了岁月的时轮
在你的鱼尾纹里
有我的笑颜
在我的皱纹里
有你的青春
我们安好

我们安好
在你的生活里等我

我们安好
在我的琐碎里想你

我们安好　我的同学
如果你的心
你的肝
还在九七级的有情年华
那么　我们可否约定
相聚吧
相聚吧

沉默的雪

错过千山万水
也许是只为你的到来
缤纷的雪
是宁静的挣扎
北京

所有醒来的人
别太痛苦
所有痛苦的人
别太牵强

北京的雪
改变不了河水的纯洁
和心灵的雾霾

我喜欢北京的冷
有点像我
喜欢的女人的矜持
和刹那的高傲

我　也许错过千言万语
也许北京的雪
也许
是你原本的沉默

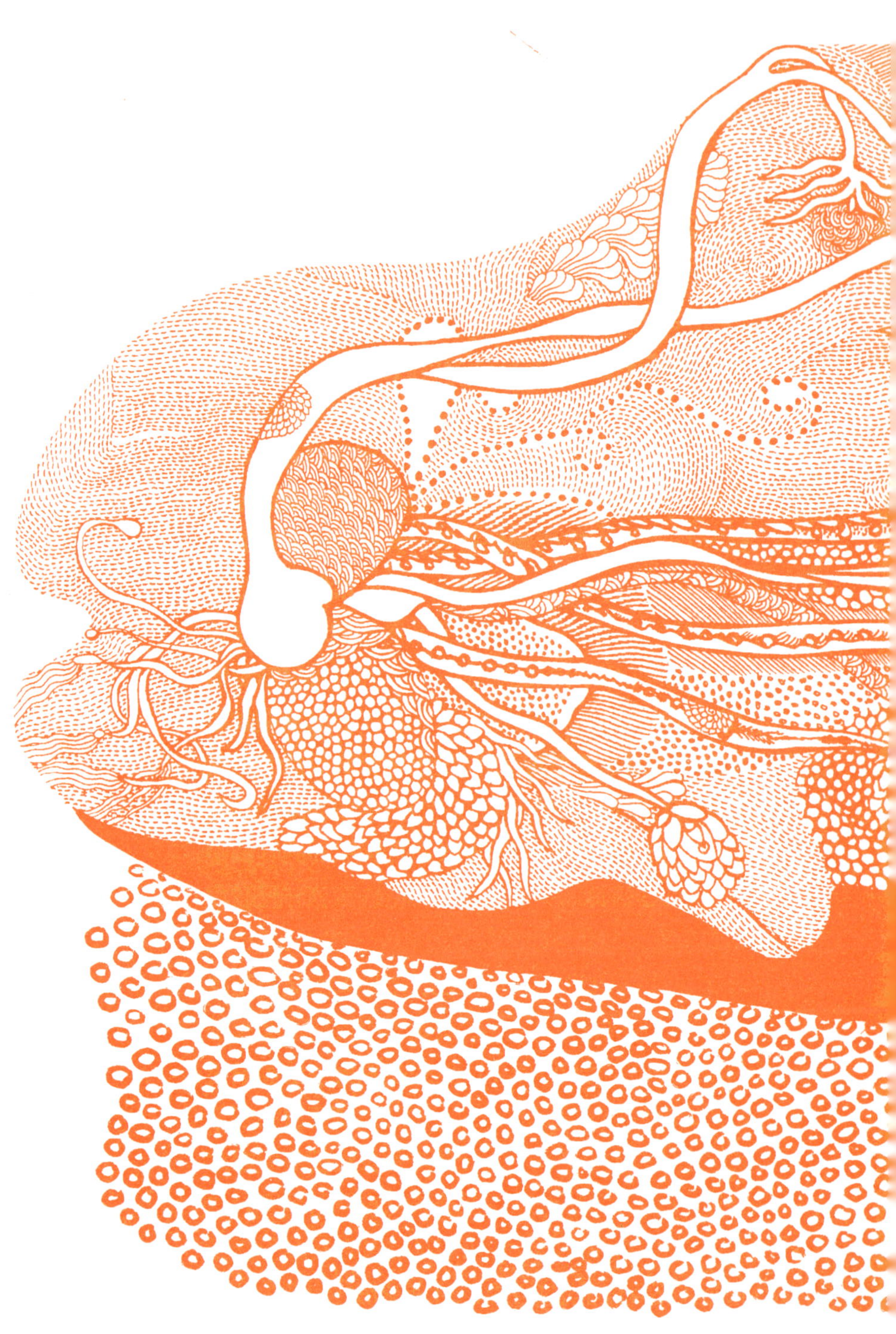

故事

在很久很久以前
整夜整日的雨啊
是整个夏天的暗语
云霄云路
把守天空的背影
世界在一朵莲花的哭声中
失去了阳光的庇佑
飘落的花瓣
碎在一个孩子的梦里
夏天真长
人们渴望秋天的圆月
抱怨上涨的河流
却忘了抱怨膨胀的欲望

大地露出最初的模样
干枯的湖水　在雨水中生长草木的面孔
滋养的山峰又到了弯腰的纪元

月球突然出现在一个孩子的眼里
不合理的轨道
一个智者的冥想　一朵莲花的世界
人们刚开始猜想月球正面的伤痕
又断定　月球背面有生物

天和地的战争是从哪时开始
月亮伤了　歪了
洪水泛滥　猛兽横行
洞穴人　寻找火种

晨静的心波

晨雾中的玄武山
驮着香雾中的大佛寺
背后是石卡雪山
眼前是龙潭河
怀里是
伤痕累累的独克宗古城
……
映在河面的三棵树
像是大佛寺里
佛祖的手指
总在告诉经过的人们：
三生有幸！三生有幸！
……
两朵云落入河里
被一双野鸭调戏
我笑着说：这对鸳鸯
荡漾了我晨静的心波
还有那棵盛开的桃花树！
……

我看见

兰花盛开的那天
我看见，湖面蓝过天空
浅浅的云藏在你深深的心田
在我眼中绽开翠绿的美
可你，你把花蕊给了蜜蜂
花瓣献给恋人
花叶留给蜻蜓
我看见，吃醋的鱼
流了两行孤独的泪！

爱与恋

久违的阳光
刺破不知爱过谁的露珠
鲜花早已逝去
从枝上飞去　而河水还在等待
那些不回头的斑斓
……
我依旧走在这条路上
不转弯
看着山峦收获了青稞的风情
又接纳了云雾的缠绵
仍然沉思　默默不语
是啊　也许
眼里的恋
看得见尘世的静默之美
心里的爱
却听不到世间的哀籁之声

没有问候的清晨

你仍然是从天上降临
落入我的怀里
一场雨的悲伤
你给了双重的安慰
两个太阳
偎依在一颗心湖升起
两座山头
偎依在一颗心脉连接
……
顷刻
甘美的安宁
驻进我的胸口
我忽然觉得
酒和诗歌离我很远
花和树木离我很近
……
太阳开始驾着朝霞的羽翼
飞到了你的唇边
是啊
没有问候的清晨
鸟儿还是显得孤独
那么你开始习惯了吗

忧郁的诗

你说你忧郁如我的诗
没人朗读
那老去的爱情和独白的伤痛
我也知道
时光在我们的眼角
留下冬的印记
刻下重复的岁月
可我还是想歌唱春天
歌唱无法触碰的
内心深处的爱情

死去的夏天

这个夏天
鱼在太阳的影子里打滚
缩短了青稞的高度
那高山上的花朵
像欺骗沙漠一样
抹掉容颜
雨水还在
一个羞涩女孩的眼窝里
我的心在毒日中爆裂
我的心在一眼光中死去
我的心为很多人死去
我的心为一个人死去
在这个夏天

《我的故土　我的河》编后记

宝贵敏

1

2018年初，经诗人同事南拉加推荐，与居住在云南香格里拉的诗人鲁仓·旦正太及其诗歌相遇。开始，他把自己的作品全部发给我，那些诗，带着旅途中奔波的风尘，带着未曾修饰的狂野，也带着高原藏人独有的沉静。从那些散落的诗句中，我最先读到的竟是这一首：

我是
在你静穆的背后
忘却前世的尘埃
等待你蓦然的瞬间
点亮今生的灯盏
为来世的相遇

我一个人坐在电脑屏幕前，小声读。从“前世的尘埃”到“今生的灯盏”再到“来世的相遇”，短短几行，似乎已洞彻了所有的存在，轮回的苍穹下，时间正缓慢打开深藏的褶皱。而今生，“我”已然站在传统与现代之间。

朗朗的诵经声
萦绕在肃然的大殿
有家到出家
我站在古老与现代的门槛
虔诚地祈祷

不是在你转脸的背后
而是在我有情的年华
鲁仓！鲁仓！鲁仓寺！

鲁仓寺，在诗人的故乡青海安多。如今他生活在香格里拉，却在自己的诗中反复吟咏鲁仓寺，在诗人的世界，故乡与信仰同在：“鲁仓寺／是我灵魂深处的一朵白莲花／绽放着世界上所有圣洁的爱”。他同样写到故乡的河流与神山，童年里陪伴他成长的茫曲河与凤凰山。

静静的茫曲河　再也转不动古老的水磨石
威武的凤凰山　再也无法桀骜地展翅翱翔
茫曲河是我母亲的河
凤凰山是我父亲的山
我是在安多的一个小村庄
像一座凤凰的神山下
喝那时的茫曲河长大

我的故土　我的河！

我的故土，我的河——喜欢这样的发声结构，有抑扬，有停顿，节奏舒展。整首诗末尾一句回到“我的故土　我的河”，将鲁仓寺、茫曲河、凤凰山，统统纳入其中，也将他的诗歌质素呈现出来，与土地与河流与信仰深深相依，诗行间充满着变迁的沧桑及对永恒时间的信任与安慰。

于是，我建议鲁仓·旦正太用这首诗的名字为诗集命名，他欣然同意。我们愿意看到众多的诗集中，有一部取名为《我的故土　我的河》，于是，他的诗歌们汇聚起来并向着一部书的样子成长。

2

鲁仓·旦正太的长诗有特点，富含丰厚的文化底蕴，独具个性，构成其诗集的主体部分。

在“岁月系列”三首长诗《藏獒岁月》《牦牛岁月》《青稞岁月》中，他为藏地的典型事物藏獒、牦牛和青稞作传，其中，既牵引着历史的波澜壮阔，也眷顾着此刻的无声风雨。

“在勇士的热血还未冷却的瞬间／在女人的热泪还未凝固的刹那／都在惊叹着你的勇猛／都在感慨着你的忠心／都在怜悯着你的兽性／那时　你是战神／那时　世界在雪域的眼中／雪域在你的眼中”，诗人为藏獒而歌唱，这是“一曲悠远的牧歌”，他将《藏獒岁月》分为“獒视天下”“獒失家园”两章，今昔比对，形成叙述及隐喻的多重落差，诗人企图用书写的方式构筑高原精灵的不朽传奇。《牦牛岁月》从祖母的讲述开启诗行：“在昨天的昨天／在从前的从前／在很久很久以前／最后隆起的青藏高原／在牦牛的牛角中间／迎接最初的太阳／观世音点化的人们／开始奔走在牦牛岁月里”，故事从这里开始，也在祖母的讲述中结束，中间是跌宕起伏王朝更迭的岁月。祖母的讲述首尾呼应，历史的脉络逐渐浮现，诗人用书写定格着某些瞬间，我们则在时间的夹缝中窥视其余波荡漾。两首诗中有骄傲与峥嵘，也深含落寞与无奈。而《青稞岁月》，在穿越古今的纵情书写间，度母、雪山、勇士、河流、青稞，这些词语落地生根，整首诗递进演绎，层层推进，血脉畅通。

作为藏文化学者，鲁仓·旦正太试图讲述历史，并用诗歌的方式解读，是的，当诗歌企图进入历史的语境，诗的角色是承载与释放，或者说，是二者相互介入，相互给予光亮。这同样构成其诗歌写作的特点，能够将历史举重若轻地引入诗行间，用诗来简化历史的宏阔，也用诗来浓缩历史的精华，而历史则在诗行间，加重其诗歌的厚度与深度。

《西藏　我的玛吉阿米》《香格里拉　我的卓玛姑娘》也是两首长诗，看到标题就很想读。诗人将藏地之名与女子之名称并置，当关键词成为引领，历史与传说与信仰与追寻与爱紧紧相连。

《西藏　我的玛吉阿米》是在行走中留下的诗。沿着诗人的路线而行：香格里拉—德钦—盐井—八宿—波密—林芝—工布—拉萨—八廓街—布达拉—大昭寺—浪卡子—羊卓雍措—江孜—桑耶—纳木错—可可西里—格尔木，这是一条曲折探秘之路，也是一条历史文化之路，更是诗人写作《西藏　我的玛吉阿米》的诗歌地图。从香格里拉出发回到故乡，十几天的行走，持续不断的书写，带着高原阳光的炽烈，在藏地的广阔与浩荡中，诗人以书写伸延着神性与人性相合、地理与历史交织、追寻与探求碰撞的诗歌及精神之旅。正如开篇所言："从圣者仓央嘉措／远行到安多的道路中／返行西藏／膜拜圣人的足迹／聆听沧桑的道歌。"而另一首《香格里拉　我的卓玛姑娘》，在灵魂的找寻与爱的回归中，饱含注视的深情。

同时，鲁仓·旦正太试图在诗中引入藏文史料，那是来自藏文化的精髓，互译的诗意，转换中的抒情与节制，成为他思考的焦点，并企图用诗歌的方式开拓新的视野。《天地·英雄集》《天空·湖水集》是他的探索之作，时而奔流前行，时而灵光闪动，“又一次／一闪白光／划破／湖面的激情／蓝光／孕育了天地的生命”。这些创作，得益于诗人的藏汉双语写作及翻译实践，使其能够在两种语言与文化间自由穿梭，相互借鉴，互为给养。

3

鲁仓·旦正太将自己的诗集初步分类后发给我。细读之后，我们商议重新设置三个标题：青稞岁月；我的故土　我的河；守望千年。每次与之沟通，鲁仓·旦正太都说：“老师，你们看着办吧。”他把信任交给我们的同时，也让我们或多或少感到压力。如何来做这样一部诗集，如何做得更好，是要认真考虑的问题。

我将诗稿发给美术编辑吾要。他读过之后，感受到诗歌的韵味，着手插图的绘画。为配合诗文的气氛，他手绘的插图细节饱满、致密，每一笔似乎都保留着呼吸起伏的波纹，与诗歌遥相呼应，形成和谐的图景。插图跨页设计，有一种舒朗的意境。设计师又请作者发来手迹，插入每一部分的篇章页之后。手绘插图，手写诗行，都带着温度，给诗集带来别样的格调，也为整部书稿设计带来节奏之美。

根据书籍设计的趋势，设计师吾要力图在这本诗集中，试探一种双色叙事的形式，将整部诗集按双色印刷，希望能在增强文本色彩感的同时，延伸阅读的美感，为诗句营造更加适度的版面时空。为此，我们在这部诗集中已停留多时。

有一日，鲁仓·旦正太微醺之后致电与我，询问诗集的详情，我们交流，他反复说着几句话，这让我想起他的诗句：“大地若是睡着／请把凋零的花瓣／洒在向北的江河里／让我在最后的歌谣中醒来／让我在雪国的梦里醒来／醒来在一束光的莲花上”（《天地·英雄集》）。是的，那天我答应写一篇“编后记”，为《我的故土　我的河》这部诗集的诞生，也为“白色的雪山／蓝色的湖泊／青色的草原”（《牦牛岁月》）。

青稞岁月

（一）青稞种子

白度母
站在遥远的雪山上
撒下遥远的种子
智慧的祖先 驯化野牦牛
在海拔三千米以上的高山上
耕种遥远的青稞

关于带走了云朵的故事（传说）

孤独的青稞 ~~寂寞的青稞~~
在祖母的眼中发芽

悲情的农神
化作人类的农夫

守候、播种的种子
悲悯的大地开始播种

在高处繁衍后代

我的故土 我的河

我是在你静穆的背后，
点亮前世的星辰，
[illegible]你轻盈[illegible]的瞬间，
点亮今生的灯盏
[illegible]
摩挲在肃然的大殿，
奔腾到永远
我站在古老[illegible]我的心灵
虔诚地祈祷
千年在你辉煌[illegible]
恒是在我[illegible]的年华。
尊重，尊敬！
献给可爱的黄河，黄河是
我生养的河。

忧郁的诗

你说你忧郁如我的诗
没有谁读
那无尽的情怀和独自伤痛

我也知道
时光在我们的眼角
留下太多的印记
刻下岁月的重叠
重叠的岁月

我还是想对你说
歌唱生活继续的诗人
内心深处的激情

图书在版编目(CIP)数据

我的故土　我的河 / 鲁仓·旦正太著 . — 北京：民族出版社，2018.11

ISBN 978-7-105-15584-2

Ⅰ. ①我… Ⅱ. ①鲁… Ⅲ. ①诗集—中国—当代 Ⅳ. ① I227

中国版本图书馆 CIP 数据核字（2018）第 255996 号

我的故土　我的河

责任编辑：宝贵敏
书籍设计：吾要
插图绘画：吾要
出版发行：民族出版社
地　　址：北京市和平里北街 14 号
邮　　编：100013
电　　话：010-64228001（汉文编辑二室）
　　　　　010-64224782（发行部）
网　　址：http://www.mzpub.com
印　　刷：北京盛通印刷股份有限公司
经　　销：各地新华书店
版　　次：2018 年 11 月第 1 版　2019 年 3 月北京第 1 次印刷
开　　本：787 毫米 ×1092 毫米　1/16
字　　数：250 千字
印　　张：15.5
定　　价：75.00 元
书　　号：ISBN 978-7-105-15584-2/I・2963（汉 2834）